णाणं पयासयं

भारतीय ज्ञानपीठ

सतह से उठता आदमी

ग. मा. मुक्तिबोध की कहानियाँ

सतह से उठता आदमी

गजानन माधव मुक्तिबोध

भारतीय ज्ञानपीठ

लोकोदय ग्रन्थमाला : ग्रन्थांक 318

ग्रन्थमाला सम्पादक

रवीन्द्र कालिया

सह-सम्पादक

गुलाबचन्द्र जैन

पहला संस्करण : 1957
चौथा संस्करण : 2000
पाँचवाँ संस्करण : 2008
छठा संस्करण : 2021

ISBN : 978-81-263-1633-5

प्रकाशक
भारतीय ज्ञानपीठ
18, इन्स्टीट्यूशनल एरिया, लोदी रोड
नयी दिल्ली-110 003

मुद्रक : भारतीय ज्ञानपीठ, नयी दिल्ली-110003

छठा संस्करण : 2021
मूल्य : 150 रुपये

SATAH SE UTHTA AADMI
(Short-Stories)
by G. M. Muktibodh

Published by
Bharatiya Jnanpith
18, Institutional Area, Lodi Road
New Delhi-110 003
e-mail : jnanpith@satyam.net.in, sales@jnanpith.net
website : www.jnanpith.net

Sixth Edition : 2021
Price : Rs. 150

दृष्टिकोण

मुक्तिबोध के साहित्य में हमारे संस्कारों को सँवारने और उन्हें ऊँचा उठाने की बड़ी शक्ति है। वह हम मध्यवर्गीय पाठकों की दृष्टि साफ़ करता है, समझ बढ़ाता है। इन कहानियों में भी हमें अपने जीवन के विविध पक्षों का अति निकट का परिचय एवं विश्लेषण मिलता है, और मिलती है सामाजिक सम्बन्धों की पैनी परख। एक के बाद एक परदे हटते जाते हैं और यथार्थ उघड़कर सामने आता जाता है।

इन कहानियों में एक और विशेषता यह है कि ये सहज ही हर स्थिति के अतिसामान्य में असामान्य और अद्भुत का भरम पैदा कर देती हैं। इसे हम तटस्थ-सी काव्यमर्मी कल्पना-शक्ति का कमाल कह सकते हैं। और इसी वातावरण में हर कहानी एक ऐसे घाव को, एक ऐसी पीड़ा को हमारे सामने उघाड़कर रखती है जिसे हम देखकर अनदेखा और सुनकर अनसुना कर जाते रहे हैं। एक बार इन कहानियों को पढ़ने के बाद पाठक के लिए ऐसा करना असम्भव हो जाता है। लगता है, जैसे इन कहानियों में अनेक आयामी अर्थ छिपे हों। इन्हें पढ़ने पर हर बार ऐसा कुछ शेष रह जाता है जो इन्हें फिर-फिर पढ़ने को आमन्त्रित करता है। बात यह है कि ये कहानियाँ जीवन के ठहरे नैतिक मूल्यों पर सोचने के लिए पाठक को विवश करती है।

मुक्तिबोध-साहित्य में इस कहानी-संग्रह का इज़ाफ़ा करने के लिए स्तरीय साहित्य का हिन्दी पाठक कृतज्ञता का अनुभव करेगा। इसका प्रकाशन किसी भी प्रकाशक के लिए गौरव की बात है।

—शमशेर बहादुर सिंह

मुक्तिबोध का सारा जीवन एक मुठभेड़ है। मुक्तिबोध का साहित्य भी उस यथार्थ से मुठभेड़ की एक अटूट प्रक्रिया है, जिससे जूझते हुए वह नष्ट हो गये। कविता, कहानी, उपन्यास, डायरी, आलोचना—साहित्य की लगभग हर विधा में जाकर उन्होंने अपने अनुभव को समझने, उसकी परिभाषा करने और उसे अर्थ देने का प्रयत्न किया।

कहानी मुक्तिबोध की सबसे प्रिय विधा नहीं। उनके जीवन-काल में बहुतों को इस बात की जानकारी नहीं थी कि उन्होंने कहानियाँ लिखी हैं। ज़ाहिर है कि मुक्तिबोध की कहानियों की प्रेरणा कहानी का कोई आन्दोलन नहीं था। हर रचना, उनके लिए, एक भयानक, शब्दहीन अन्धकार को—जो आज भी, भारतीय जीवन के चारों ओर, चीन की

दीवार की तरह खिंचा हुआ है—लाँघने की एक और कोशिश थी।

सारा इतिहास मुक्तिबोध के लिए एक चुनौती था। मध्यवर्ग इस इतिहास की एक गुत्थी है, जिसे मुक्तिबोध समझना, सुलझाना चाहते थे। मुक्तिबोध के चारों ओर मध्यवर्ग का नैराश्य, कुण्ठा, अवसाद, आत्मवंचना और आत्म-परस्ती थी। मध्यवर्ग के संकट को मुक्तिबोध ने जितना समझा, अन्य किसी भी लेखक ने नहीं समझा है।

मुक्तिबोध की कहानियाँ मध्यवर्ग के विरुद्ध एक जिरह हैं। वे मध्यवर्ग के एक लेखक का आत्मस्वीकार मात्र नहीं, बल्कि अपने वर्ग के संहार का स्वप्न भी हैं।

जॉर्ज लूकाच ने टॉमस मान के उपन्यासों के लिए, जिन्हें कि वह बीसवीं सदी की प्रतिनिधि रचना मानते हैं, 'आलोचनात्मक बूर्जुआ यथार्थवाद' (क्रिटिकल बूर्जुआ रीयलिज़्म) विशेषण का इस्तेमाल किया था।

मुक्तिबोध की कहानियों की परिभाषा के लिए इससे अच्छा शब्द नहीं मिल सकता; हालाँकि, क्या विडम्बना है, मुक्तिबोध की कहानियाँ अपनी धुन्ध, कल्पना और फ़ैण्टेसी के कारण टॉमस मान की नहीं, बल्कि काफ्का की—जिसके साहित्य को जॉर्ज लूकाच ने 'बूर्जुआ यथार्थवाद' (बूर्जुआ रीयलिज़्म) क़रार देकर बरख़्वास्त किया—याद दिलाती हैं।

कम-से-कम एक बात लूकाच की सच थी और वह मुक्तिबोध के सन्दर्भ में और अधिक कारगर होती है। जॉर्ज लूकाच की मान्यता थी कि इतिहास केवल अतीतबोध नहीं, वह वर्तमान का अहसास और उसके प्रति एकदृष्टि है। जॉर्ज लूकाच का तर्क था कि वर्तमान के नाम पर, लेखक अकसर—उन्होंने इस प्रसंग में थैकरे, डिकेन्स और ज़ोला की भर्त्सना की थी—घटनाओं और आख्यानों को इकट्ठा करते हैं, उनकी तह में नहीं जाते। वे अपने समय का विवरण पेश करते हैं, उसके अर्थ को नहीं पहचानते। 'आधुनिक कथा साहित्य' और 'नयी कहानी' के नाम पर हिन्दी में जो कुछ रचा गया है, उसका—अधिकतर समसामयिकता का झूठा दावा है। वह सतह पर ठहरी हुई एक दृष्टि है—उसके पीछे इतिहास-बोध नहीं। स्त्री-पुरुषों, लोगों के दृष्टिकोण में परिवर्तन का कोई परिचय उससे नहीं मिलता। वह अपने समय से मुठभेड़ नहीं, बल्कि अखबार के उड़ते हुए पन्नों को इकट्ठा कर उन्हें इतिहास के नाम पर चलाने का पाखण्ड भरा प्रयत्न है।

मुक्तिबोध की कहानियाँ हिन्दी के समकालीन कथा-साहित्य को चुनौती हैं। कथाकारों को यह चुनौती स्वीकार करनी चाहिए और तलाश करनी चाहिए कि वह क्या चीज़ है जो मुक्तिबोध की कहानियों को स्थायित्व प्रदान करती है, जबकि उनकी अपनी कहानियों में 'सब कुछ' होने के बावजूद वह क्या नहीं है कि वे महज़ एक उड़ती हुई-सी अनुभूति बनकर रह जाती हैं।

मुक्तिबोध चित्रकार नहीं थे—कम-से-कम एक कमर्शियल आर्टिस्ट तो कतई नहीं। उन्होंने अपनी कहानियों के ज़रिये कोई खाका नहीं खींचा। जिसे प्राध्यापकीय आलोचना की भाषा में 'चरित्र-चित्रण' कहा जाता है, और जो आज भी भावुकता, कृत्रिमता तथा

अर्थहीनता से भरे हुए समसामयिक हिन्दी कथा साहित्य का आधार है, वह मुक्तिबोध की रचना का केन्द्र-बिन्दु नहीं था। मुक्तिबोध का प्रयोजन रचना के ज़रिये रचना और जीवन के भीतर के तनावों और संकटों को समझना था। उनकी रचना-प्रक्रिया इस समूचे संकट को नाम देने की प्रक्रिया है।

उनकी तमाम कहानियों में केवल एक ही पात्र है, जो अलग-अलग नामों में, अलग-अलग रूपों में और कभी-कभी लिंग परिवर्तन कर उपस्थित होता है। यह पात्र मध्यवर्ग के आध्यात्मिक संकट का गवाह, व्याख्याता, पक्षधर, भोक्ता, विरोधी—सब कुछ है। कुछ हद तक यह पात्र स्वयं मुक्तिबोध है, और कुछ हद तक यह पात्र वह व्यक्ति है जो मुक्तिबोध के साथ-साथ चलता है। वह केवल मुक्तिबोध की सुनता ही नहीं बल्कि उन्हें सुनाता भी है, नसीहत भी देता है, उन्हें फुसलाने की कोशिश भी करता है। मुक्तिबोध की कहानियाँ दो पात्रों के बीच—एक स्वयं मुक्तिबोध और दूसरा मुक्तिबोध का सहयात्री—एक अनन्त वार्तालाप है। इस वार्तालाप का क्रम न तो उनकी डायरी में टूटा है, न ही उनकी कविताओं में।

संग्रह की पहली ही कहानी 'ज़िन्दगी की कतरन' का केन्द्र-बिन्दु 'आत्महत्या' है—आत्महत्या के साथ जुड़ी हुई वह जीवन-शृंखला है, जिसे समझने की कोशिश में मुक्तिबोध समझ और ज्ञान के हर तहखाने में गये। मुक्तिबोध के उपन्यास 'विपात्र' की तरह इस संग्रह की अधिकतर कहानियों—'समझौता', 'चाबुक', 'विद्रूप', 'सतह से उठता आदमी'—के पात्र वे अभिशप्त मध्यवर्गीय स्त्री-पुरुष हैं जो जीवन-दर्शन के अभाव में अन्धकार में प्रेतात्माओं की तरह एक-दूसरे से टकरा रहे हैं, एक-दूसरे से जूझ रहे हैं और एक-दूसरे को दोषी ठहरा रहे हैं। इन कहानियों को पढ़ते हुए सार्त्र के नाटक 'नो एक्ज़िट' की याद आ जाना स्वाभाविक ही है।

जीवन-दृष्टि शिक्षा से नहीं, आत्मसंघर्ष से प्राप्त होती है। इन कहानियों के तमाम शिक्षित पात्रों के बिलकुल विपरीत 'आखेट' कहानी का नायक कान्स्टेबिल मेहरबानसिंह एक अशिक्षित व्यक्ति है, जिसे केवल उत्पीड़न और ज़ुल्म की ट्रेनिंग दी गयी है। मगर उसकी अन्तरात्मा उसे दी गयी शिक्षा से प्रबल है। एक अपाहिज स्त्री पर बलात्कार करता हुआ वह अपनी अन्तरात्मा पर भी बलात्कार करता है। अन्ततः वह पाता है, यह सम्भव नहीं। केवल प्रेम ही सम्भव है। सर्वहारा के साथ मुक्तिबोध की कोरी सहानुभूति नहीं थी। उसके पीछे उनकी व्याख्यापरक बुद्धि और अनुभव से उत्पन्न विश्वास थे। उनका विश्वास था कि मध्यवर्ग पर थोपी गयी तथाकथित आधुनिकता मनुष्यता, करुणा, आदर्शवादिता और सत्य का संहार है। 'सतह से उठता आदमी' के पात्र इस संहार के खँडहर हैं—वे भारतीय इतिहास के सर्वनाश के जीवित प्रतीक हैं, जिन्हें परिभाषित करने की अनिवार्यता ने मुक्तिबोध को इन कहानियों की रचना के लिए विवश किया।

—श्रीकान्त वर्मा

अनुक्रम

ज़िन्दगी की कतरन

नीले जल के तालाब का नज़ारा कुछ और ही है। उसके आस-पास सीमेण्ट और कोलतार की सड़क और बँगले। किन्तु एक कोने में सूती मिल के गेरुए, सफ़ेद और नीले स्तम्भ के पोंगे उस दृश्य पर आधुनिक औद्योगिक नगर की छाप लगाते हैं। रात में तालाब के रुँधे, बुरे बासते पानी के विस्तार की गहराई सियाह हो उठती है, और ऊपरी सतह पर बिजली की पीली रोशनी के बल्बों का रेखाबद्ध निष्कम्प, प्रतिबिम्ब वर्तमान मानवी सभ्यता के सूखेपन और वीरानी का ही इज़हार करते-से प्रतीत होते हैं। सियाह गहराई के विस्तार पर ताराओं के धुँधले प्रतिबिम्बों की विकीरित बिन्दियाँ भी उस कृष्ण गहनता से आतंकित मन को सन्तोष नहीं दे पातीं वरन् उसे उघार देती हैं।

तालाब के इस श्याम दृश्य का विस्तार इतनी अजीब-सी भावना भर देता है कि उसके किनारे बैठकर मुझे उदास, मलिन भाव ही व्यक्त करने की इच्छा होती आयी है। उस रात्रि—श्याम जल की प्रतीक—विकरालता से स्फुटित होकर मैंने अपने जीवन में सूनी उदास कथाएँ अपने साथियों के संवेदना-ग्रहणशील मित्रों को सुनायी हैं।

यह तालाब नगर के बीचोंबीच है। चारों ओर सड़कें और रौनक़ होते हुए भी उसकी रोशनी और खानगी उस सियाह पानी के भयानक विस्तार को छू नहीं पाती है। आधुनिक नगर की सभ्यता की दुखान्त कहानियों का वातावरण अपने वक्ष पर तैरती हुई वीरान हवा में उपस्थित करता हुआ यह तालाब बहुत ही अजीब भाव में डूबा रहता है।

फिर भी इस गन्दे, टूटे घाटवाले, बुरे—बासते तालाब के उखड़े पत्थरों-ढके किनारों पर निम्न मध्यवर्गीय पढ़े-लिखे नये अहलकारों और मुंशियों का जमघट चुपचाप बैठा रहता है और आपस में फुसफुसाता रहता है। पैण्ट-पाज़ामों और धोतियों में ढके असन्तुष्ट प्राणमन सईसाँझ यहाँ आ जाते हैं, और बासी घरेलू गप्पों या ताज़ी राजनीतिक वार्ताओं की चर्चाएँ घण्टा-आधा घण्टा छिड़कर फिर लुप्त हो जाती हैं और रात के साढ़े आठ बजे सड़कें सुनसान, तालाब का किनारा सुनसान हो जाता है।

एक दिन मैं रात के नौ बजे बर्माशेल में काम करनेवाले नये दोस्त के साथ जा पहुँचा था। हमारी बातचीत महँगाई और अर्थाभाव पर छिड़ते ही हम दोनों के हृदय

में उदास भावों का एक ऐसा झोंका आया जिसने हमें उस विषय से हटाकर तालाब की सियाह गहराइयों के अपार जल-विस्तार की ओर खींचा। उस पर ध्यान केन्द्रित करते ही हम दोनों के दिमाग़ में एक ही भाव का उदय हुआ।

मैंने अटकते-अटकते, वाक्य के सम्पूर्ण विन्यास के लिए अपनी वाक्-शक्ति को ज़बरदस्ती उत्तेजित करते हुए उससे कहा, "क्यों भाई, आत्महत्या...आत्महत्या के बारे में जानते हो...उसका मर्म क्या है ?"

जवाब मिला, जैसे किसी गुहा में से आवाज़ आ रही हो, "क्यों, क्यों पूछ रहे हो ?"

"यों ही, स्वयं आत्महत्या के सम्बन्ध में कई बार सोचा था।"

आत्म-उद्घाटन के मूड में, और गहरे स्वर से साथी ने कहा, "मेरे चचा ने खुद आत्महत्या की मैनचेस्टर गन से। लेकिन..."

उसके इतने कहने पर ही मेरे अवरुद्ध भाव खुल-से गये। आत्महत्या के विषय में अस्वस्थ जिज्ञासा प्रकट करते हुए मैंने बात बढ़ायी, "हरेक आदमी जोश में आकर आत्महत्या करने की क़सम भी खा लेता है। अपनी उद्विग्न चिन्तातुर कल्पना की दुनिया में मर भी जाता है, पर आत्महत्या करने की हिम्मत करना आसान नहीं है। बायोलॉजिकल शक्ति बराबर जीवित रखे रहती है।"

दोस्त का मन जैसे किसी भार से मुक्त हो गया था। उसने सचाई भरे स्वर में कहा, "मैं तो हिम्मत भी कर चुका था, साहब ! डूब मरने के लिए पूरी तौर से तैयार होकर मैं रात के दस बजे घर से निकला, पर इस सियाह पानी की भयानक विकरालता ने इतना डरा दिया था कि किनारे पर पहुँचने के साथ ही मेरा पहला ख़याल मर गया और दूसरे ख़याल ने ज़िन्दगी में आशा बाँधी। उस आशा की कल्पना को पलायन भी कहा जा सकता है। प्रथम भाव-धारा के विरुद्ध उज्ज्वल भाव-धारा चलने लगी। सियाह पानी के आतंक ने मुझे पीछे हटा दिया...बन्दूक़ से मर जाना और है, वीरान जगह पर रात को तालाब में मर जाने की हिम्मत करना दूसरी चीज़।"

मित्र ठठाकर हँस पड़ा। उसने कहा, "आत्महत्या करनेवालों के निजी सवाल इतने उलझे हुए नहीं होते जितने उनके अन्दर के विरोधी तत्त्व, जिनके अधीन प्रवृत्तियों का आपसी झगड़ा इतना तेज़ हो जाता है कि नयी ऊँचाई छू लेता है। जहाँ से एक रास्ता जाता है ज़िन्दगी और नयी ज़िन्दगी की ओर, तो दूसरा जाता है मौत की तरफ़ जिसका एक रूप है आत्महत्या।"

मित्र के थोड़े उत्तेजित स्वर से ही मैं समझ गया कि उसके दिल में किसी कहानी की गोल-गोल घूमती भँवर है।

उसके भावों की गूँज मेरी तरफ़ ऐसे छा रही थी मानो एक वातावरण बना रही हो। मैं उसके मूड से आक्रान्त हो गया था। मेरे पैर अन्दर नसों में किसी ठण्डी संवेदना के करेण्ट का अनुभव कर रहे थे।

उसके दिल के अन्दर छिपी कहानी को धीरे से अनजाने निकाल लेने की बुद्धि से प्रेरित होकर मैंने कहा, "यहाँ भी तो आत्महत्याएँ हुई हैं।"

यह कहकर मैंने तालाब के पूरे सियाह फैलाव को देखा, उसकी अथाह काली गहराई पर एक पल नज़र गड़ायी। सूनी सड़कों और गुमसुम बँगलों की ओर दृष्टि फेरी और फिर अँधेरे में अर्ध-लुप्त किन्तु समीपस्थ मित्र की ओर निहारा और फिर किसी अज्ञेय संकेत को पाकर मैं किनारे से ज़रा हटकर एक ओर बैठ गया।

फिर सोचा कि दोस्त ने मेरी यह हलचल देख ली होगी। इसलिए उसकी ओर गहरी दृष्टि डालकर उसकी मुख-मुद्रा देखने की चेष्टा करने लगा।

दोस्त की भाव-मुद्रा अविचल थी। घुटनों को पैरों से समेटे वह बैठा हुआ था। उसका चेहरा पाषाण-मूर्ति के मुख के अविचल भाव-सा प्रकट करता था। कुछ लम्बे और गोल कपोलों की मांसपेशियाँ बिलकुल स्थिर थीं। या तो वह आधा सो रहा था अथवा निश्चित रूप से भावहीन मस्तिष्क के साँवले धुँधलेपन में खो गया था, किंवा किसी घनीभूत चेतना के कारण निस्तब्ध-सा लगता था। मैं इसका कुछ निश्चय न कर सका।

मेरी इस खोज-भरी दृष्टि से अस्थिर होकर उसने जवाब दिया, "क्यों, क्या बात है ?"

उसके प्रश्न के शान्त स्वर से सन्तुष्ट होकर मैंने दोहराया, "इस तालाब में भी तो कइयों ने जानें दी हैं !"

"हाँ, किन्तु उसमें भी एक विशेषता है", उसने अर्थ भरे स्वर में हँसते हुए कहा। फिर वह कहता गया, "इस तालाब में जान देने वे आये हैं जिन्हें एक श्रेणी में रखा जा सकता है। ज़िन्दगी से उकताये और घबराये पर ग्लानि के लम्बे काल में उस व्यक्ति ने न मालूम क्या-क्या सोचा होगा ! अपनी ज़िन्दगी की ऊष्मा और आशय समाप्त होता जान, उसने अनजाने-अँधेरे पानी की गहराइयों में बाइज़्ज़त डूब मरने का हौसला किया और उसे पूरा कर डाला। तुम तो जानते हो, अधेड़ तो वह था ही, बाल-बच्चे भी न थे। कोई आगे न पीछे। उसकी लाश पानी में न मालूम कहाँ अटक गयी थी। तालाब से सड़ी बास आती थी। किन्तु जब लाश उठी तो उसकी तेलिया काली धोती दूर तक पानी में फैली हुई थी।..."

उसी तरह वह तुम्हारा तिवारी। वह—पुरे की तेलिन, पाराशर के घर की बहू। "ये सब सामाजिक-पारिवारिक उत्पीड़न के ही तो शिकार थे ?"

उसके इन शब्दों ने मुझमें अस्वस्थ कुतूहल को जगा दिया। मेरी कल्पना उद्दीप्त हो उठी। आँखों के सामने जलते हुए फॉसफोरसी रंग के भयानक चित्र तैरने लगे, और मैं किसी गुहा के अन्दर सिकुड़ी ठण्डी नलीदार मार्ग के अँधेरे में उस आग के प्रज्वलित स्थान की ओर जाता-सा प्रतीत हुआ जो उस गुहा के किसी निभृत कोण में क्रुद्ध होकर जल रही है—जिस आग में (मानो किन्हीं क्रूर आदिम निवासियों ने, जो वहाँ दीखते

नहीं, लापता हैं) मांस के वे टुकड़े भूने जाने के लिए रखे हैं जो मुझे ज्ञात होते-से लगते हैं कि वे किस प्राणी के हैं, किस व्यक्ति के हैं।

मेरे अस्वस्थ कुतूहल के धक्के ने मुझे ही विचलित कर दिया। मैं वे सब कहानियाँ जानता था जो मुझे बतायी जा रही थीं। किन्तु फिर भी मैं उन्हें सुनना चाहता था, दोबारा। मैंने उत्सुक दृष्टि से उसकी ओर देखा जिसका अर्थ था : बताओ, क्या कहना चाहते हो ?

उसने कहना जारी रखा, "आज तक इस सियाह तालाब में सामाजिक और आर्थिक उत्पीड़न से ग्रस्त लोगों ने ही जानें दी हैं। यहाँ मरे लोगों का तुम श्रेणी-विभाजन कर सकते हो। एक शंकर जैसे लोग—वह शंकर जो चक्की के पास रहता था (मैंने सिर हिलाया : मालूम है, मालूम है !) उसकी स्त्री का उसकी आँखों के सामने हरामज़ादे कालूराम के गुण्डों ने अपहरण किया और वह चिल्लाता-चीखता रहा। शंकर ने पत्नी-वियोग से जान नहीं दी, किन्तु इस घटना के द्वारा अपनी असहायता का जो बोध उसे हुआ उस बोध ने ही उसको कुचल डाला। पत्नी के जाने के बाद वह कहीं मुँह दिखाने लायक भी नहीं रहा। सामाजिक लज्जा, नपुंसक क्रोध और असहायता ने उसे दीन-हीन बना दिया था। प्रेमी युगल यहाँ मरने नहीं आते हैं। वे अकसर जाते हैं अम्बाझिरी, गोया उनको मरने के लिए भी अच्छी-खासी रोमैण्टिक जगह चाहिए। यहाँ मरनेवालों की गुज़री ज़िन्दगी..."

उसका मेरे लिए इतना कहना ही काफ़ी था। रात में इस सियाह तालाब के किनारे जो लोग भी डूबकर मरे हैं उनकी लाइफ़-हिस्टरी मैं बखूबी जानता हूँ। हमारे महल्ले का एक-एक घर एक कहानी रखता है। मध्यवर्गीय समाज की साँवली गहराइयों की रुँधी हवा की गन्ध से मैं इस तरह वाक़िफ़ हूँ जैसे मल्लाह समन्दर की नमकीन हवा से।

मेरी आँखों के सामने ज़िन्दगी के नक़्शे उभरने-बिखरने लगे। किन्तु उनके चक्कर से बचने और मित्र के प्रति अधिक ध्यान देने तथा इस बोध से कि उसने अभी अपनी पूरी बात नहीं कही है। कल्पनाओं के वे अनुकूल थीं अथवा सियाह तालाब की उपस्थिति ने मेरे मन की अपनी अस्वस्थताओं को असाधारण रूप से उत्तेजित कर दिया था।

यद्यपि बातचीत के दौरान मुझसे अधिक बात मेरे दोस्त ने की थी, फिर भी मुझे ऐसा सकारण प्रतीत हुआ मानो उससे तुलनानुसार कम बात करते हुए भी मैंने वार्तालाप की धारा को नियन्त्रित करते हुए अपनी इच्छानुसार चाहे जिधर मोड़ा, घुमाया-फिराया और एक ओर से दूसरी ओर कर दिया। कदाचित् मेरा दोस्त मुझसे कुछ और भी कहना चाहता हो। शायद उसके मन में घूमती हुई वह कहानी निकल नहीं पा रही हो जो मैं चाहता हूँ कि बिना छेड़े ही किसी उपचेतन तर्क-धारा के द्वारा अपनेआप ही सरसराती हुई निकल आए।

मित्र ने मुझे तिवारी की कहानी पूरी तरह से सुना डाली। उसकी आत्महत्या के एक दिन पहले तिवारी से उसकी मुलाक़ात हुई थी, किन्तु कोई कल्पना भी नहीं कर सकता था कि वह खत्म हो जाने का इरादा कर रहा है। मित्र को जो बात उसके सम्बन्ध में अजीब-सी लगी और जिसके बारे में उसने उससे पूछा और जिसका उसे सन्तोषजनक उत्तर न मिल पाया वह यह कि तिवारी का चेहरा विचित्र रूप से जड़ीभूत हो गया था। उसकी स्वभावगत चंचलता तो काफ़ूर थी ही, पर उसका स्थान किसी जड़ीभूत भावना ने ले लिया था मानो मस्तिष्क के अतुलनीय भार के द्वारा दबकर चेहरे की मांसपेशियों के स्तर घनीभूत होकर जड़ीभूत हो गये हों। उसका चेहरा यों लगता था मानो मिरगी से यदा-कदा आक्रान्त रहनेवाले मनुष्य का चेहरा ज्यों जागरणकाल में भी असाधारण रूप से भार-ग्रस्त रहता है। किन्तु तिवारी की आँखों में कोई चिनगारी न थी, जिससे उसके मानसिक उद्वेग की ज्वाला झलक उठे। मित्र के तिवारी से मिलने के बाद शायद कुछ हुआ हो जिसने उसे आकस्मिक और नैमित्तिक रूप से वह भयानक क़दम उठाने के लिए मजबूर कर दिया हो। निश्चित रूप से कुछ कहा नहीं जा सकता। यह सच है।

एक दिन की बात है जब तिवारी से मिलने के लिए मेरा दोस्त गया था। वह शाम थी। मुख्य सड़क को छोड़कर बग़लवाली गली से घुसते एक पुराना बाड़ा लगता था। उसके अँधेरे खतरनाक तीन ज़ीने चढ़ जाने पर पुरानी पलस्तर की हुई ऊँची दीवारों से घिरा बहुत ही बड़ा कमरा, जिसे हाल कह सकते हैं, लगता था। हाल की कच्ची ज़मीन उखड़ी हुई थी और उस पर चिड़ियों की सफ़ेद विष्ठा के धब्बे इधर बिखरे हुए थे। कमरे के वातावरण को देखकर उसकी परित्यक्तावस्था और वीरानी का ही बोध होता था। सईसाँझ ऐसे एकान्त हाल में घुसने की संवेदना रुचिकर न थी। परन्तु तिवारी का कमरा फिर भी अभी तक मिला न था। इतने में परछाईं-सा एक व्यक्ति न दिख सकनेवाली गैलरी में से आता हुआ दिखाई दिया।

उससे पता चला कि तिवारी का कमरा बायीं ओर है।

बायीं ओर के छोटे-ठिंगने दरवाज़े से घुसने पर एक पुरानी चाँदनी लगी, जिसकी मुँडेर पर बेफ़िक्री के कारण पानी न देते रहने से सूखी हुई भूरी तुलसी और अन्य उसी तरह के दूसरे पौधे झुण्डों में लगे हुए थे जो हरियाली के अभाव में जंगली, परित्यक्त और वीरानी की निशानी-से प्रतीत होते थे। वहीं खाटें पड़ी हुई थीं जिन पर मैले व फटे हुए बिस्तरे इकट्ठे भी नहीं किये गये थे।

"तिवारी महाराज, तिवारी !" मित्र ने हाँफते हुए आवाज़ लगायी।

तीसरी खाट पर दरवाज़े की ओर पीठ किये हुए तिवारी बैठा हुआ था। इतनी ज़ोर की आवाज़ से चकित होकर तिवारी ने मुड़कर पीछे देखा और उसके चेहरे पर बलात् मुसकान खेल गयी।

मित्र ने हाँफते हुए प्रवेश किया—"बाप रे ! क्या आपके ज़ीने हैं ! क्या आपका

बाड़ा है ! पूरा क़िला है ! तिलिस्म है, तिलिस्म है तिलिस्म !'' कहकर वह खिलखिलाकर हँस पड़ा।

तिवारी ने मुसकराकर जवाब दिया, ''आलाहज़रत, इस ज़ीने से आदमी सीधा स्वर्गधाम पहुँचता है।''

मित्र ने डूबती हुई साँझ को प्रत्यक्ष करके कहा, ''भाई, मैं बिलकुल जाने के लिए तैयार नहीं, मेरी तो अभी शादी होनी है।''

और दोनों जने इसी तरह आगे बातचीत करते रहे।

वार्तालाप तिवारी से प्रेरित होकर मित्र की शादी के बारे में ही था। तिवारी लगातार मज़ाक़ करता जाता था और ताने कसता जाता था, यद्यपि मित्र को रह-रहकर यह लगता कि अपने मीठे स्वभाव के विपरीत तिवारी व्यंग्य क्यों कर रहा है और वह भी स्वयं मेरे विषय की चर्चा छेड़कर ! दूसरे, सानेकशी और मज़ाक़ वह इस तरह से करता था मानो उनके लिए श्रम कर रहा हो। कृत्रिम रूप से उन्हें मन में उकसाने की चेष्टा कर रहा है। निस्सन्देह, यह उसके स्वभाव के विपरीत था।

फिर वह अपने तानों और व्यंग्यों पर विजय-हर्ष से हँस भी न पाता था, जैसा कि अकसर लोग किया करते हैं। इन सब बातों को देखकर इसका रहस्य जानने की भावना से मित्र ने उसकी ओर ग़ौर से देखा।

तिवारी का चेहरा जड़ीभूत-सा था मानो दिमाग़ के किसी भयानक भार से दबकर चेहरे की मांसपेशियाँ प्रस्तरीभूत हो गयीं। पलकें कुछ हलकी सूजी हुईं-सी और मुख लाल-सा और आँखें भारी-भारी तथा ललाट की त्वचा निर्जीव और रक्तहीन !

मित्र का दिल धँस-सा गया किन्तु अपनी भावनाओं को स्वयं वह ठीक पहचान न पाया। किसी दूर स्थित खतरे की छाया अपनी स्थिति की घोषणा करती हुई भी प्रत्यक्ष और मूर्त नहीं हो पाती। एक बार उसको देखकर मन डर तो जाता है पर उसके रूप को पहचान नहीं पाता। इसलिए एक पल के बाद ही उसको भूलने का प्रयास कर मन उसे भूल जाने में कामयाब हो जाता है। वही स्थिति मित्र की भी हुई।

मित्र ने पूछा, ''क्यों, तुम्हारी तबीयत खराब है क्या ?''

तिवारी ने बनावटी अचरज से कहा, ''न, नहीं तो।''

''चेहरा तो तुम्हारा न मालूम कैसा मालूम होता है। रात को नींद नहीं पड़ी क्या ?''

''हाँ, यार कल रात को बहुत देर तक जगते रहे।''

''क्यों ?''

''उपन्यास में कुछ ऐसा मन लगा कि बस ! समय का ध्यान ही न रहा ! और फिर मैं रात को जगता ही कब हूँ। उसके समस्त वातावरण का पान करता रहा, समझिए।''

''वाह रे ! वातावरण का पान !'' मित्र ने आश्चर्य और कुतूहल से उसकी ओर

देखते हुए कहा।

इस तरह की बातचीत चलती रही। न मालूम किन-किन अवचेतन की घूमती हुई पगडण्डियों से चलकर तिवारी के मुँह से यह निकल पड़ा, किसी आत्मिक सन्दर्भ से, किन्तु बातचीत के बाहरी सिलसिले से जो मेरे मित्र के शब्दों में निम्नलिखित प्रकार से है :

सोच नहीं पाता हूँ मैं कि आखिर यह सब क्यों....? सुबह से शाम तक न मालूम कितना पैसा खर्च हो जाता है, दोस्तों में, इधर-उधर ! किन्तु सिवा समय कटने के और कुछ हो नहीं पाता। पढ़ने में मेरा जी नहीं लगता। पढ़ने से फ़ायदा क्या—नौकरी मिलेगी, जीविका चलेगी। लेकिन यह इतना महान् लक्ष्य नहीं है कि जो ज़िन्दगी को अपनी ओर खींचता रहे, उसे अपने आकर्षण से मन्त्रमुग्ध कर डाले !! सवाल सचमुच मन्त्रमुग्ध कर डालने का ही है। लेकिन फिर भी मैं पढ़ता ही रहता हूँ, यद्यपि वह खाली-खाली-सा लगता है जैसे मैं आसमान के खालीपन में असहाय अवस्था में उड़ता रहूँ। अध्ययन न करूँ तो आत्मा स्वयं को ही कष्ट देती है। कमा नहीं लेता हूँ, ऐसा थोड़े ही है। सवा सौ महीना मेरे लिए काफ़ी है। न माँ, न बाप, न भाई, न बहन ! फिर भी कमाने की क्या आवश्यकता है, मित्रों की क्या आवश्यकता है, स्वयं की क्या आवश्यकता है ! रास्ते में अकेले घूमते फिरना, या फिर किसी दोस्त को पकड़कर पैसा खर्च करना ! स्वयं से घबराहट, अपने खालीपन से भय ! यही तो मूल कारण है। फिर (हँसते हुए) कहा—इश्क़ !! वह हरेक को नहीं मिला करता। वह संयोग की बात है। प्रत्येक आकर्षण इश्क़ नहीं है, यह मैं समझता हूँ। आकर्षण का अपना एक मज़ा है, पर उसमें अनुराग का उद्देश्य क्या है ? इश्क़ का भी आखिर मतलब क्या ? जो सिनेमाओं और कहानियों में बतलाया जाता है, मूर्खतापूर्ण है सब बात ! मुझे सचमुच समझ में नहीं आता कि ज़िन्दगी क्यों है ? महीने में तनख़्वाह मिलते ही मैं अपनी भाभियों (दोस्तों की स्त्रियों) और उनके बच्चों को खिलौने ला देता हूँ। खिलौने देकर भी कोई खास सन्तोष नहीं होता। आखिर, अन्दर के ख़ालीपन को भरने के लिए ही तो यह सब किया गया है। कोई मुझे समझाए कि शादी करके कौन-सा सुख है ! मेरे दोस्तों ने शादियाँ कीं, घर बसाया। और ऐसी अपनी मिट्टी पलीद कर ली कि देखते ही बनता है। ज़िन्दगी है या ज़िन्दगी की कतरन ! समझ में नहीं आता अगर ज़िन्दगी मनबहलाव है तो बाज़ आया ऐसे मनबहलाव से, क्योंकि इस तरह का मनबहलाव सिर्फ़ खालीपन और उदासी ही छोड़ जाता है। जीवन में यदि केन्द्र स्थान न हो तो बड़ी भारी कोलाहल भरी भीड़ में रहते हुए भी आप अकेले हैं, और यदि वह है तो रेगिस्तान के सूने मैदानों पर भी आपको सहचरत्व प्राप्त है और ज़िन्दगी भरी-भरी है !! सिर्फ़ उपन्यास, पैसा, कमाई और अध्ययन, शादी इत्यादि आपमें कुछ नहीं है उसका उसके परे कुछ बृहद् लक्ष्य है और होना चाहिए। किन्तु वह सबको मालूम नहीं है, न तिवारी को आज मालूम है, जिसके लिए वह आज छटपटा रहा है।

मित्र तिवारी के सम्बन्ध में कहता गया, "इस आशय की उसने बातचीत की। यह नहीं कि वह सिलसिलेवार कहता गया। उसके मुँह से उसकी गुत्थियाँ निकालनी पड़ीं, लेकिन मैं उन गुत्थियों को हल न कर सका। सन्तोषजनक उत्तर न दे सका। वह एक मनोवैज्ञानिक पल था। उसमें मेरे सभी उत्तर फ़ीके पड़ गये। मैंने तिवारी को समाज की व्यवस्था और स्थिति समझायी, उसे बतलाया कि उसका आईसोलेशन ही उसकी ज़िन्दगी के ख़ालीपन का कारण है। आकर्षणहीनता का जो रोग उसे हो गया है वह तभी दूर हो सकता है जब वह समाज के लिए उपयोगी बने, सामाजिक कार्य करे। उसे मैंने साम्यवाद के भी सिद्धान्त बतलाये, उसके अन्तर्गत सामाजिक क्रान्ति के महत्त्व की भी उसके सामने संक्षेप में व्याख्या की, पर उसका प्रभाव न हो पाया। वह क्षण ही वैसा था।"

तिवारी से बिदा लेते वक़्त मैंने उसे अपनी तबीयत की फ़िक्र लेने के लिए कहा, जिसे सुनकर उसने जवाब दिया, "तबीयत ख़ुद अपनी फ़िक्र ले लेगी, मुझे अपनी चिन्ता करनी चाहिए।" वह स्वर ज़िन्दगी से उकताये और निराश व्यक्ति का स्वर था। जब मैं नीचे उतरकर घर रवाना हुआ तब मैंने अपनेआपको बिलकुल पराजित अनुभव किया और सोचता रहा कि मुझे एक मास्टरपीस कहानी का मसाला मिल गया है। किन्तु आगे चलकर मेरी अपेक्षाएँ भंग होने को थीं। यह मैं उस समय जान न सका।

दूसरे दिन शाम को यह सुना गया कि तिवारी ने आत्महत्या कर ली है। पाँच मिनिट निस्तब्ध नीरवता के बाद मैंने मित्र से पूछा, "तुम सोचते हो कि उसने अपनी निःसंगता और अर्थहीनता के भाव के कारण आत्महत्या कर ली है ?"

उसने जवाब दिया, "पहले तो मेरा यही खयाल हुआ, पर वह ग़लत था ! उसकी आत्महत्या के सही कारण क्या हैं, मुझे विस्तृत रूप से मालूम नहीं।"

किन्तु मेरा सोचना है कि पाराशर की बहू से उसका सम्बन्ध रहा होगा, जहाँ कि वह अकसर आता-जाता रहा है।

मित्र के मुँह से पाराशर की बहू का नाम सुनकर मेरे शरीर में एकाएक ठण्डी संवेदना नखशिख तक दौड़ गयी और दिल बैठता-सा मालूम हुआ। मैं मन-ही-मन बुदबुदाया, 'आख़िर, मेरी अपेक्षा सच ही निकली।'

आँखों के सामने पाराशर की बहू का चित्र आ गया और उसका जीवन-चरित्र आरम्भ से अन्त तक मेरे मन में घूम गया। किन्तु मेरी इस मनःस्थिति से अनभिज्ञ मेरा दोस्त कहता ही चला गया, "तिवारी की आत्महत्या के दो या तीन दिन बाद तालाब के इसी उत्तर-पश्चिमी कोने में पीपल के पेड़ के नीचे उस टूटे घाट पर से उसने परमधाम प्राप्त किया। बहाने के लिए, वह अपने धोने के कपड़े लेती आयी थी। उनमें से आधे पानी में डूबी हुई पहली सीढ़ी पर ही पाये गये। और आधे ऊपर सूखी हुई जगह पर ही रखे थे। दूसरे दिन सुबह उसकी लाश क़रीब दस बजे ऊपर आती दिखाई दी। काई से आच्छादित रहने के कारण उसका शरीर हरा दिखाई देता था। उसका

वह रूप बहुत ही भयानक था। वह नज़ारा मैंने अपनी आँखों देखा है....." एक गहरी साँस लेकर मेरा मित्र कहते-कहते रुक गया। हमारे दोनों के बीच गहरी निस्तब्धता छा गयी।

किन्तु मेरा मन स्तब्ध नहीं था। आँखों के सामने पाराशर के घर की बहू का चित्र मूर्त हो उठा था।

उसकी गोरी छुई-मुई-सी सूरत मुझे अब भी याद आती है। बचपन में उसका चेहरा अत्यन्त मोहक था। अण्डाकार गौर बदन और कुछ कहती हुई-सी गहरी उदास आँखें। वह एक निस्संग नीरव बालिका थी। जब मैं उसके बड़े भाई के यहाँ कार्यवश जाया करता था तो वह दिखाई देती। परछाईं-सी एक तरफ़ से दूसरी तरफ़ निकल जाती। बस। खेलते हुए वह मुझे कभी दिखाई नहीं दी। कभी मैंने उसे हँसते हुए भी नहीं देखा। उस समय उसकी आयु आठ या नौ साल के निकट होगी। उसके भाई के घर से हमारे घर का घरौआ था। इसलिए वह कभी-कभी हमारे यहाँ आया करती थी, सो भी किसी काम से। मुझे उसके शब्द अभी तक याद आ रहे हैं—हमारी भाभी ने चलनी मँगायी है, हमारी भाभी ने मूसल मँगाया है आदि।

कभी-कभी मेरी स्त्री पूछती, 'भोजन कर लिया ?'

'हओ।'

'क्या-क्या खाया आज ?'

'सब खाया।'

'सुनूँ तो !'

फिर वह क्या-क्या खाया, यह गिनाने लगती। दाल, भात, तरकारी, रोटी, घी, चटनी। उसके बोलने की मीठी शैली से स्त्री प्रसन्न होती। किन्तु मैं अन्य कारण से नाराज़ होता। मैं जानता था कि वे लोग बड़े ग़रीब हैं, हमसे बहुत ज़्यादा ग़रीब। मैं जानता था कि ग़रीबों का भोजन क्या होता है ! स्त्री के इस प्रश्न और निर्मला के उत्तर के साथ ही मेरा मन विचित्र करुणा से भर उठता। मैं जानता था इस तरह का सवाल ग़रीबों का अपमान है। इस भाव के फलस्वरूप मैं अपनी स्त्री पर अधिक नाराज़ हो उठता।

निर्मला का चेहरा मुझे बहुत भाता। उसकी गम्भीर उदास आँखें, और दूज के फ़ीके चाँद-सा उसका मुखड़ा। (उन दिनों के) दुअन्नी वार सफ़ेद कपड़े का पोलका। उसकी ग़रीबी, मातृ-पितृहीनता और स्वभावगत अनावश्यक गम्भीरता ने मेरे हृदय में घर कर लिया। अपनी उस छोटी उम्र में भी वह घर का सब काम करती तथा उसके मत भी बड़े-बूढ़ों के समान रहते।

मैं जानता था कि उसका मस्तिष्क और हृदय दलित और पीड़ित है। किन्तु उससे उद्धार का कोई उपाय न था। ग़रीब बड़े भाई ने उसकी शादी उससे कुछ अच्छी स्थिति वाले घर में कर दी। यहीं से उसकी ज़िन्दगी ने पलटा खाया। उस संयुक्त परिवार

को खानदानियत का रोग था। अपने कुलशील के कारण, भावों को दबाकर वह अपनी ज़िन्दगी बसर करने लगी। किन्तु, उस घर में रहने का औचित्य प्रदान करनेवाली स्थिति यानी पति का अस्तित्व थोड़े ही दिनों में खत्म हो गया। उसकी बीमारी में निर्मला के जो भी गहने थे, सब व्यय हो गये। विधवा जीवन के चार वर्ष उसने भौजाइयों के क़ैदखाने में काटे।

उसका चेहरा बदल गया था। गौर मुख सूख चुका था। गालों की हड्डियाँ और नाज़ुक नाक ऊपर उभर आयी थी। मानो सारे शरीर पर उन्हीं का शासन हो। आँखों के आस-पास त्वचा सूखकर काली पड़ गयी थी। नेत्र में धुआँ था, वह धुआँ जिसका निमित्त पहचाना जा सकने पर भी, उसके वास्तविक कारण का आकलन नहीं किया जा सकता था।

आखिर, निर्मला का भविष्य यह था। एक बार वह अपने घर पर आयी थी, बड़े भाई की मृत्यु के अवसर पर। तब मैंने उसे फूट-फूटकर रोते हुए देखा था। वह उसका युगयुगान्त का अकेला मन रो रहा था। निस्संगता धाड़ मारकर क्रन्दन कर रही थी। अपनी इसी असहाय स्थिति में उसे अपने मृत पति के घर वापस आना पड़ा, मात्र आजीविका के लिए।

वह स्वाधीन होना चाहती थी किन्तु, पढ़ी-लिखी न थी। जन्मजात कठोर कार्यदक्षता के कारण वह उस संयुक्त परिवार में अत्यन्त उपयोगी थी। इसलिए उसकी स्थिति घर के लिए अनिवार्य रूप से आवश्यक थी।

एक दिन वह मुझे रास्ते में मिली। मैं रुकना चाहता था। वह भी रुकना चाहती थी पर हम दोनों एक-दूसरे के लिए रुके नहीं। बीच में लज्जा-संकोच-भय की दीवार खड़ी थी।

जब वह मेरे दृष्टि-पथ पर से गुज़रकर निकल गयी, तब मैंने पीछे मुड़कर देखा। वह, वैसी ही धीमी गति से चली जा रही थी। उसकी व्यवस्था-बद्ध साड़ी उसकी परिष्कृत रुचि की परिचायक थी। मैंने पीछे से आवाज़ लगानी चाही। किन्तु, न लगा सका। किन्तु यह क्या ? उसकी वेणी में फूलों की माला पिरोयी हुई थी ! क्या यह नया संकेत नहीं था ?

मैं उसकी ज़िन्दगी पर सोचने लगा। मेरे मन में उसकी हज़ारों यादें थीं। उसकी दुख भरी ज़िन्दगी क्या केवल उसी की है ! नहीं, बहुतों की ऐसी ही है। किन्तु, उसके जीवन में मुझे एक विशेषता नज़र आयी। विशेषता क्यों नज़र आयी ? अन्यों में क्यों नहीं दिखी ? क्या सब निर्विशेष और वही विशेष है ? इन प्रश्नों का जवाब मैं नहीं दे सका। किन्तु एक बात जानता हूँ कि उसकी सहज बुद्धि जितनी तीव्र थी उतना ही आत्मदमन घोर था। वह एक सचाई के बल पर अपनी सब प्रवृत्तियों को दबा रही थी। वह सचाई क्या थी, मैं ठीक-ठीक नहीं बतला सकता। उसका किंचित् वर्णन कर सकता हूँ। वह यह कि उसके अपने मनोभाव हैं, जो आज तक किसी पर प्रकट नहीं

हुए। उनके प्रति की गयी बुराइयाँ और अन्याय उनके मन में घिरकर, घुसकर एक विशेष प्रकार की वज्रकठोरता प्रदान करता है। यह आत्मदमनशील वज्रकठोरता ही वह सत्य है जिसने निर्मला की गतिविधि को एक विशेष प्रकार की भव्यता, दूरी भरी स्पृहणीयता और ज़िन्दगी के असंख्य अपमानों के बावजूद अपनी बचपन से चली आ रही मनोभावनाओं का गौरव प्रदान किया है, जो अटल है, और जिसे डिगाया नहीं जा सकता।

किन्तु यह क्या ? उसकी वेणी में फूल की यह माला कैसी ! इस बात ने मेरे हृदय में एक ही बात साफ़ रख दी कि आखिरकार निर्मला के प्राणों में कहीं तो भी जीवन अंकुरित हो रहा है। निस्सन्देह मैंने सोचा, उसे पल्लवित हो उठना चाहिए। समस्त बन्धन तोड़कर, निर्मला को ज़िन्दगी में आगे बढ़ जाना चाहिए।

मैंने उसे उसके बाद नहीं देखा। केवल यह सुना कि उस संयुक्त परिवार के ख़ानदानियत के कारण, वह जड़ीभूत ज़िन्दगी की मिट्टी में ज़िन्दा गाड़ दी गयी और क़ब्र के अन्दर के अँधेरे में उसने उस संयुक्त परिवार के लँगड़े होमियोपैथ सदस्य से अपना सम्बन्ध स्थापित कर अपने पतित होने का प्रमाण-पत्र हासिल कर लिया। अर्थात् एक मृत पुत्र प्राप्त किया।

इस अफ़वाह के बाद की स्थिति मैं नहीं जानता। मैंने उसे बहुत दिनों से देखा ही नहीं था। नहीं जानता कि तिवारी की पहचान कैसे हो गयी और वे दोनों कैसे यहाँ तक बढ़ गये। किन्तु पाराशर के परिवार में भी विगत दस वर्ष में कई परिवर्तन हो गये थे। वह इकाई स्वयं छिन्न-भिन्न होकर नवीन इकाइयों में रूपान्तरित हो गयी थी। किन्तु, निर्मला तो अपने जेठ के पास ही रहती थी, उसी घर में अपनी जेठानी के अनुशासन में। मुझे आश्चर्य है कि तिवारी की वहाँ कैसे पहुँच हो गयी।

फिर भी अपने मित्र से तिवारी और निर्मला की ख़बर सुनकर प्रारम्भ में तो नहीं किन्तु कुछ क्षणों बाद मैं खुश ही हुआ। तिवारी ने उस लड़की को पहचाना, इतना क्या कम है। तिवारी स्वयं बहुत ही संजीदा, साथ ही बहुत हृदयवान् प्राणी था, इसमें किसी को सन्देह नहीं है। निर्मला और वह एक-दूसरे का सुख-दुख देख पाये, यह मेरे और मेरी स्त्री के लिए खुशी की बात है। निर्मला और तिवारी जैसे सैकड़ों पड़े हैं यह उन दोनों के महत्त्व को कम नहीं करता, ऐसा मुझे लगा।

किन्तु, अपनें मित्र से तिवारी और पाराशर की बहू निर्मला का हाल सुनकर मैं उस सियाह तालाब के विकराल आकार-प्रकार से घबरा-सा गया, और मुझे लगा कि नामालूम कितनी निर्मलाएँ यहाँ जल-समाधि लेती होंगी ! साथ ही मेरे मन में निर्मला की तसवीर साफ़-साफ़ खिंच आयी।

मित्र और मेरे बीच में पन्द्रह-बीस मिनट का घनघोर मौन था। मैंने वह भंग किया, "तो क्या सचमुच ! तिवारी का निर्मला से सम्बन्ध रहा ?"

जवाब में, मित्र हँस दिया। एक पल, मौन के बाद बोला, "कहानी के लिए मसाला

तो मिला, वह कहानी जो कभी नहीं लिखी जाएगी।''

मुझे सूझा, ''ऐसी ज़िन्दा घटनाओं से कहानी नहीं बनती। वह तो इतिहास है। पर, क्यों जी, क्या यह सच है कि तिवारी से निर्मला का अनुचित सम्बन्ध रह गया। अगर यह ठीक है, तो बहुत बुरी बात हो गयी। आई ऐम सॉरी फ़ॉर हर—मुझे निर्मला के लिए दुख है।''

मित्र ने कुतूहल से पूछा, ''क्यों ? मैं तो इस पर दुखी नहीं !''

''मैंने निर्मला को बहुत ही पवित्र रूप में देखा है। मैं उसे इस परिवर्तित स्थिति में देखने का अभ्यस्त नहीं हूँ, न देखना चाहता हूँ...''

सियाह तालाब के उस पार से ठण्डी हवा बहने लगी। रात की गम्भीर मुद्रा अपरिवर्तित थी। उसका गहरा विस्तृत मौन कान में कुछ बोलता हुआ-सा लगता था। दूर, सामने की सड़क के कोने पर नीली रोशनीवाली होटल अभी तक खुली हुई थी। सड़क पर इक्के-दुक्के आदमी आते-जाते दिखाई दे रहे थे।

इतने में फ़ायर ब्रिगेड की दो मीटरें ज़ोर-ज़ोर से घण्टी बजाती और सुनसान को गुँजाती हुई गुज़र गयीं। जाने कहाँ आग लगी थी। हम तालाब के किनारे पर उसी स्थान पर स्थिर बैठे हुए थे।

फ़ायर ब्रिगेड की मोटरों ने हमारा ध्यान भंग कर दिया। यह इच्छा कि स्थान बदल दिया जाए। मैं सहसा उठ बैठा और सिगरेट ले आता हूँ, कहकर उस होटल की तरफ़ चलता बना जहाँ पान की दुकान रहने की अपेक्षा थी।

मेरा मन अपनेआप से ही बात करता जाता था। सच है कि मैं निर्मला की ज़िन्दगी में हरियाव, उत्फुल्लता और गति चाहता था पर वहाँ मात्र अगति और दुर्गति नज़र आयी। क्या वह जीवन अपनेआप में पवित्र था ? एक तरह से था भी, क्योंकि उस अगति के जड़ीभूत क्षेत्र की सीमा के अन्दर जो साहस निर्मला ने किया वह एकदम ग़लत था। उसने अगति को बढ़ा दिया, उसे अधिक भयावह कर दिया। इससे तो उसका प्रारम्भिक मूल अगतिमय जीवन ही क्या बुरा था ? उसमें यक-साँ सफ़ेदी तो थी, एक बने हुए मार्ग से सामंजस्य तो था, चाहे वह कितना ही आत्म-हननकारी तथा जीवन-हननशील हो। ज़िन्दगी की कोई भी अवस्था, क्षेत्र, स्थिति या पल इतने बुरे नहीं होते, जब तक उन्हें किसी भी प्रकार के सामंजस्य का आधार प्राप्त होता रहता है। यदि वह सामंजस्य बुरा है, अपवित्र है या अवनति की ओर ले जानेवाला है तो उसे बदलकर नयी परिस्थिति पैदा करके नया सामंजस्य पैदा करना चाहिए। किन्तु मैं जानता हूँ। निर्मला के लिए यह असम्भव ही नहीं, उसकी स्थिति-परिस्थिति की भयानक दुःस्थिति में इसके अलावा कदाचित् ही कोई दूसरा मार्ग रहा हो। यदि तिवारी ने उसकी ज़िन्दगी में आकर कुछ हरियाली उत्पन्न की हो तो बहुत अच्छा है, परन्तु ऐसा प्रतीत नहीं होता।

मैं सोचता चला गया।

समझौता

अँधेरे से भरी, धुँधली, सँकरी प्रदीर्घ कॉरिडार और पत्थर की दीवारें। ऊँची घन की गहरी कार्निस पर एक जगह कबूतरों का घोंसला, और कभी-कभी गूँज उठनेवाली गुटरगूँ, जो शाम के छह बजे के सूने को और भी गहरा कर देती है। सूनी कॉरिडार घूमकर एक ज़ीने तक पहुँचती है। ज़ीना ऊपर चढ़ता है, बीच में रुकता है और फिर मुड़कर एक दूसरी प्रदीर्घ कॉरिडार में समाप्त होता है।

सभी कमरे बन्द हैं। दरवाज़ों पर ताले लगे हैं। एक अजीब निर्जन, उदास सूनापन इस दूसरी मंज़िल की कॉरिडार में फैला हुआ है। मैं तेज़ी से बढ़ रहा हूँ। मेरी चप्पलों की आवाज़ नहीं होती। नीचे मार्ग पर टाट का मैटिंग किया गया है।

दूर, सिर्फ़ एक कमरा खुला है। भीतर से कॉरिडार में रोशनी का एक ख़याल फैला हुआ है। रोशनी नहीं, क्योंकि कमरे पर तक हरा परदा है। पहुँचने पर बाहर, धुँधले अँधेरे में एक आदमी बैठा हुआ दिखाई देता है। मैं उसकी परवा नहीं करता। आगे बढ़ता हूँ और भीतर घुस जाता हूँ।

कमरा जगमगा रहा है। मेरी आँखों में रोशनी भर जाती है। एक व्यक्ति काला ऊनी कोट पहने, जिसके सामने टेबिल पर काग़ज़ बिखरे पड़े हैं, अलसायी-थकी आँखें पोंछता हुआ मुसकराकर मुझसे कहता है, "आइए, हुज़ूर, आइए !"

मेरा जी धड़ककर रह जाता है, 'हुज़ूर' शब्द पर मुझे आपत्ति है। उसमें गहरा व्यंग्य है। उसमें एक भीतरी मार है। मैं कन्धों पर फटी अपनी शर्ट के बारे में सचेत हो उठता हूँ। कमर की जगह पैण्ट तानने के लिए बेल्टनुमा पट्टी के लिए जो बटन लगाया गया था, उसकी ग़ैरहाज़िरी से मेरी आत्मा भड़क उठती है।

और मैं ईर्ष्या से उस व्यक्ति के नये फ़ैशनेबल कोट की ओर देखने लगता हूँ और जवान चेहरे की ओर मुसकान भरकर कहता हूँ, "आपका काम खत्म हुआ !"

मेरी बात में बनावटी मैत्री का रंग है। उसका काम खत्म हुआ या नहीं, इससे मुझे मतलब ?

उसकी अलसायी थकान के दौर में वहाँ मेरा पहुँचना शायद उसे अच्छा लगा। शायद अपने काम से उसकी जो उकताहट थी, वह मेरे आने से भंग हुई। अकेलेपन

से अपनी मुक्ति से प्रसन्न होकर उसने फैलते हुए कहा, "बैठो, बैठो, कुरसी लो !"

उसका वचन सुनकर मैं धीरे-धीरे कुरसी पर बैठा। यदि कोई बड़ा अधिकारी छोटे को—बहुत छोटे को कुरसी पर बैठने को कहे तो अनुशासन कैसे रहेगा ! अनुशासन, हमारे लिए ! जो छोटे हैं और निर्बल हैं, जिन्हें दम घोंटकर मारा जाता है और जिनसे काम करवाया जाता है ! मुझे एक लोहे का शिकंजा जकड़े हुए है, कब छूटूँगा मैं इस शिकंजे से ? खैर, शिकंजे को ढीला कर, ज़रा आराम ही कर लूँ।

मैं धीरे-धीरे कुरसी पर बैठता हूँ। वह अफ़सर फिर फ़ाइलों में डूब जाता है। दो पलों का विश्राम मुझे अच्छा लगता है। मैं कमरे का अध्ययन करने लगता हूँ। वही कमरा, मेरा जाना पहचाना, जिसकी हर चीज़ मेरी जमायी है। मेरी देख-रेख में उसका पूरा इन्तजाम हुआ है। खूबसूरत आरामकुरसियाँ, सुन्दर टेबिल, परदे, आलमारियाँ, फ़ाइलें रखने का साइडरैक आदि-आदि। इस समय वह कमरा अस्त-व्यस्त लगता है, और बेहद पराया। बिजली की रोशनी में, उसकी अस्त-व्यस्तता चमक रही है, उसका परायापन जगमगा रहा है।

मैं एक गहरी साँस भरता हूँ और उसे धीरे-धीरे छोड़ता हूँ। मुझे हृदय-रोग हो गया है—गुस्से का, क्षोभ का, खीझ का और अविवेकपूर्ण कुछ भी कर डालने की राक्षसी क्षमता का।

मेरे पास पिस्तौल है। और, मान लीजिए, मैं उस व्यक्ति का—जो मेरा अफ़सर है, मित्र है, बन्धु है—अब खून कर डालता हूँ। लेकिन पिस्तौल अच्छी है, गोली भी अच्छी है; पर काम—काम बुरा है। उस बेचारे का क्या गुनाह है ? वह तो मशीन का एक पुर्ज़ा है। इस मशीन में ग़लत जगह हाथ आते ही वह कट जाएगा, आदमी उसमें फँसकर कुचल जाएगा, जैसे बैगन ! सबसे अच्छा है कि एकाएक आसमान में हवाई जहाज़ मँडराये, बमबारी हो और यह कमरा ढह पड़े, जिसमें मैं और वह दोनों खत्म हो जाएँ। अलबत्ता, भूकम्प भी यह काम कर सकता है।

फ़ाइल से सिर ऊँचा करके उसने कहा, "भाई, बड़ा मुश्किल है।" और उसने घण्टी बजायी।

एक ढीला-ढाला, बेवकूफ़-सा प्रतीत होनेवाला स्थूलकाय व्यक्ति सामने आ खड़ा हुआ।

अफ़सर ने, जिसका नाम मेहरबानसिंह था, भौंहें ऊँची करके सप्रश्न भाव से कहा, "कैण्टीन से दो कप गरम चाय ले आओ।" मेरी तरफ़ ध्यान से देखकर फिर उससे कहा, "कुछ खाने को भी लेते आना।"

चपरासी की आवाज़ ऊँची थी। उसने गरजकर कहा, "कैण्टीन बन्द हो गयी।"

"देखो, खुली होगी, अभी छह नहीं बजे होंगे।"

चाय और अल्पाहार के प्रस्ताव से मेरा दिमाग़ कुछ ठण्डा हुआ। ज़रा दिल में रोशनी फैली। आदमीयत सब जगह है। इनसानियत का ठेका मैंने ही नहीं लिया। मेरा

मस्तिष्क का चक्र घूमा। पैवलॉव ने ठीक कहा था—'कण्डिशण्ड रिफ़्लैक्स !' खयाल भी रिफ़्लैक्स ऐक्शन है, लेकिन मुझे पैवलॉव की दाढ़ी अच्छी लगती है। उससे भी ज़्यादा प्रिय, उसकी दयालु, ध्यान भरी आँखें। उसका चित्र मेरे सामने तैर आता है।

मैं कुरसी पर बैठे-बैठे उकता जाता हूँ। कोई घटना होनेवाली है, कोई बहुत बुरी घटना। लेकिन मुझे उसका इन्तजार नहीं है। मैं उसके परे चला गया। कुछ भी कर लूँगा। मेहनत, मज़दूरी। फाँसी पर तो चढ़ा नहीं देंगे। लेकिन, एक दॉस्तॉएवस्की था, जो फाँसी पर चढ़ा और ज़िन्दा उतर आया। जी हाँ, ऐन मौक़े पर ज़ार ने हुक्म दे दिया ! देखिए, भाग्य ऐसा होता है।

मैं कॉरिडार में जाता हूँ वहाँ अब घुप अँधेरा हो गया। मैं एक जगह ठिठक जाता हूँ, जहाँ से ज़ीना घूमकर नीचे उतरता है। यह एक सँकरी आँगननुमा जगह है। मैं रेलिंग के पास खड़ा हो जाता हूँ। नीचे कूद पड़ूँ तो ! बस काम तमाम हो जाएगा ! जान चली जाएगी, फिर सब खत्म, अपमान खत्म, भूख खत्म...लेकिन प्यार भी खत्म हो जाएगा, उसको सुरक्षित रखना चाहिए...और फिर चाय आ रही है ! चाय पीकर ही क्यों न जान दी जाए, तृप्त होकर, सबसे पूछकर !

बिल्ली जैसे दूध की आलमारी की तरफ़ नज़र दौड़ाती है, उसी तरह मैंने बिजली के बटन के लिए अँधेरे भरी पत्थर की दीवार पर नज़र दौड़ायी। हाँ, वो वहीं है। बटन दबाया। रोशनी ने आँख खोली। लेकिन प्रकाश नाराज़-नाराज़-सा, उकताया-उकताया-सा फैला।

चलो, मैंने सोचा, चपरासी को रास्ता साफ़ दीखेगा।

मैंने एक ओर के दरवाज़े से प्रवेश किया। दूसरी ओर के दरवाज़े से चपरासी ने। मेरा चेहरा खुला। मेहरबानसिंह, नाटे-से, काले-से, कभी फ़ीस की माफ़ी के लिए हरिजन, कभी गोण्ड-ठाकुर, अलमस्त और बेफ़िक्रे, ज़बान के तेज़, दिल से साफ़, अफ़सरी बू, और आदमीयत की गन्ध ! और एक छोटा-सा चौकोर चेहरा !

उन्होंने हाथ ऊँचे कर, देह मोड़कर बदन से आलस मुक्त किया और एक लम्बी जमुहाई ली।

मेरा ध्यान चाय की ट्रे पर था। उनका ध्यान काग़ज़ पर।

उन्होंने कहा, "करो दस्तखत...यहाँ...यहाँ !"

मैं धीरे-धीरे कुरसी पर बैठा। आँखें काग़ज़ पर गड़ायीं। भवें सिकुड़ीं, और मैं पूरा-का-पूरा, काग़ज़ में समा गया।

मैंने चिढ़कर अँगरेज़ी में कहा, "यह क्या है ?"

उन्होंने दृढ़ स्वर में जवाब दिया, "इससे ज़्यादा कुछ नहीं हो सकता।"

विरोध प्रदर्शित करने के लिए मैं बेचैनी से कुरसी से उठने लगा तो उन्होंने आवाज़ में नरमी लाकर कहा, "भाई मेरे, तुम्हीं बताओ, इससे ज़्यादा क्या हो सकता है ! दिमाग़ हाज़िर करो, रास्ता सुझाओ !"

"लेकिन, मुझे 'स्केपगोट' बनाया जा रहा है, मैंने किया क्या !"

चाय के कप में शक्कर डालते हुए उन्होंने, एक और काग़ज़ मेरे सामने सरका दिया और कहा, "पढ़ लीजिए !"

मुझे उस काग़ज़ को पढ़ने की कोई इच्छा नहीं थी। चाहे जो अफ़सर मुझे चाहे जो काम नहीं कह सकता। मेरा काम बँधा हुआ है।

नियम के विरुद्ध मैं नहीं था, वह था। लेकिन, उसने मुझे जब डाँटकर कहा तो मैंने पहले अदब से, फिर ठण्डक से, फिर और ठण्डक से, फिर खीझकर एक ज़ोरदार जवाब दिया। उस जवाब में 'नासमझ' और 'नाख़्वाँद' जैसे शब्द ज़रूर थे। लेकिन, साइण्टिफ़िकली स्पीकिंग, ग़लती उसकी थी, मेरी नहीं ! फिर गुस्से में मैं नहीं था। एक जूनियर आदमी मेरे सिर पर बैठा दिया गया, ज़रा देखो तो ! इसीलिए कि वह फ़लाँ-फ़लाँ का ख़ास आदमी, वह 'ख़ास-ख़ास' काम करता था। उस शख़्स के साथ मेरी 'ह्यूमन डिफ़िकल्टी' थी।

मेहरबानसिंह ने कहा, "भाई, ग़लती मेरी भी थी, जो मैंने यह काम तुम्हारे सिपुर्द करने के बजाय, उसको सौंप दिया। लेकिन चूँकि फ़ाइलें दौड़ गयी हैं, इसलिए ऐक्शन तो लेना ही पड़ेगा। और उसमें है क्या ! वार्निंग है, सिर्फ़ हिदायत !"

हम दोनों चाय पीने लगे, और बीच-बीच में खाते जाते।

एकाएक उन्हें ज़ोर की गगन-भेदी हँसी आयी। मैं विस्मित होकर देखने लगा। जब उनकी हँसी का आलोड़न ख़त्म होने को था कि उन्होंने कहा, "लो, मैं तुम्हें एक कहानी सुनाता हूँ। तुम अच्छे, प्रसिद्ध लेखक हो। सुनो और गुनो !"

और, मेहरबानसिंह का छोटा-सा चेहरा गम्भीर होकर कहानी सुनाने लगा।

—मुसीबत आती है तो चारों ओर से। ज़िन्दगी में अकेला, निस्संग और बी. ए. पास एक व्यक्ति। नाम नहीं बताऊँगा।

कई दिनों से आधा पेट। शरीर से कमज़ोर। ज़िन्दगी से निराश। काम नहीं मिलता। शनि का चक्कर।

हर भले आदमी से काम माँगता है। लोग सहायता भी करते हैं। लेकिन उससे दो जून खाना भी नहीं मिलता, काम नहीं मिलता, नौकरी नहीं मिलती। चपरासीगीरी की तलाश है, लेकिन वह भी लापता। कपबशी धोने और चाय बनाने के काम से लगता है कि दो दिनों बाद अलग कर दिया जाता है। जेब में बी. ए. का सर्टिफ़िकेट है। लेकिन, किस काम का !

मैंने सोचा, मेहरबानसिंह अपनी ज़िन्दगी की कथा कह रहे हैं। मुझे मालूम तो था कि मेरे मित्र के बचपन और नौजवानी के दिन अच्छे नहीं गये हैं। मैं और ध्यान से सुनने लगता हूँ।

मेहरबानसिंह का छोटा-सा काला चौकोर चेहरा भावना से विद्रूप हो जाता है। वह मुझसे देखा नहीं जाता। मेहरबानसिंह कहता है—नौकरी भी कौन दे ? नीचे की श्रेणी

में बड़ी स्पर्धा है। चेहरे से वह व्यक्ति एकदम कुलीन, सुन्दर और रौबदार, किन्तु घिघियाया हुआ। नीचे की श्रेणी में जो अलकतियापन है, गाली-गलौज की जो प्रेमपदावली है, फटेहाल ज़िन्दगी की जो कठोर, विद्रूप, भूखी, भयंकर सभ्यता है, वहाँ वह कैसे टिके ! कमज़ोर आदमी, रिक्शा कैसे चलाए।

नीचे की श्रेणी उस पर विश्वास नहीं कर पाती। उसे मारने दौड़ती है। उसका वहाँ टिकना मुश्किल है। दरमियानी वर्ग में वह जा नहीं सकता। कैसे जाए, किसके पास जाए ! जब तक उसकी जेब में एक रुपया न हो।

मेहरबानसिंह के गले में आँसू का काँटा अटक गया। मैं सब समझता हूँ, मुझे खूब तज़रबा है, इस आशय से मैंने उनकी तरफ़ देखा और सिर हिला दिया।

उन्होंने सूने में, अजीब-से सूने में, निगाह गड़ाते हुए कहा—शायद उनका लक्ष्य आँखों-ही-आँखों में आँसू सोख लेने का था, जिन्हें वे बताना नहीं चाहते थे—आत्महत्या करना आसान नहीं है। यह ठीक है कि नयी शुक्रवारी-तालाब में महीने में दो बार आत्महत्याएँ हो जाती हैं। लेकिन छह लाख की जनसंख्या में सिर्फ़ दो माहवार, यानी साल में चौबीस ! दूसरे ज़रियों से की गयी आत्महत्याएँ मिलायी जाएँ तो सालाना पचास से ज़्यादा न होंगी। यह भी बहुत बड़ी संख्या है। आत्महत्या आसान नहीं है।

उनके चेहरे पर काला बादल छा गया। अब वे पहचान में नहीं आते थे। अब वे मेरे अफ़सर भी न रहे, मेरे परिचित भी नहीं। सिर्फ़ एक अजनबी—एक भयानक अजनबी। मेरा भी दम घुटने लगा। मैंने सोचा, कहाँ का क़िस्सा उन्होंने छेड़ दिया ! मेहरबानसिंह ने मेरी ओर कहानीकार की निगाह से देखा और कहा कि उन दिनों शहर में एक सर्कस आया हुआ था। बड़ी धूम-धाम थी। बड़ी चहल-पहल।

रोज़ सुबह-शाम सर्कस का प्रोसेशन निकलता, बाजे-गाजे के साथ बैण्ड-बाजे के साथ। जुलूस में एक मोटर का ठेला भी चलता, खुला ठेला, प्लेटफ़ार्म-नुमा ! उस पर रंग-बिरंगे, अजीबोग़रीब जोकर विचित्र हावभाव करते हुए नाचते रहते। लोगों का ध्यान आकर्षित करते।

—जो एक लम्बे अरसे से बेघरबार और बेकार रहा है, उसकी इंस्टिक्ट (प्रवृत्ति) शायद आपको मालूम नहीं। वह व्यक्ति क्रान्तिकारक नहीं होता, वह खासतौर से... घुमन्तू 'जिप्सी' होता है। उसे चाहे जो वस्तु, दृश्य, घटना, दुर्घटना, यात्रा, बारिश, कष्ट, दुख, सुन्दर चेहरा, बेवकूफ़ चेहरा, मलिनता, कोढ़, सब तमाशे-नुमा मालूम होता है। चाहे जो...खींचता है...आकर्षित करता है, और कभी-कभी पैर उधर चल पड़ते हैं।

एक आइडिया, एक खयाल आँखों के सामने आया। जोकर होना क्या बुरा है ! ज़िन्दगी—एक बड़ा भारी मज़ाक़ है; और तो और, जोकर अपनी भावनाएँ व्यक्त कर सकता है। चपत जड़ सकता है। एक-दूसरे को लात मार सकता है, और, फिर भी, कोई दुर्भावना नहीं है। वह हँस सकता है, हँसा सकता है। उसके हृदय में इतनी सामर्थ्य है।

मेहरबानसिंह ने मेरी ओर अर्थ-भरी दृष्टि से देखकर कहा कि इसमें कोई शक नहीं कि जोकर का काम करना एक परवर्शन—अस्वाभाविक प्रवृत्ति है। मनुष्य की सारी सभ्यता के पूरे ढाँचे चरमराकर नीचे गिर पड़ते हैं, चूर-चूर हो जाते हैं। लेकिन असभ्यता इतनी बुरी चीज़ नहीं, जितना आप समझते हैं। उसमें इंस्टिक्ट का, प्रवृत्ति का खुला खेल है, आँख-मिचौनी नहीं। लेकिन अलबत्ता, वह परवर्शन ज़रूर है। परवर्शन इसलिए नहीं कि मनुष्य परवर्ट है, वरन् इसलिए कि परवर्शन के प्रति उसका विशेष आकर्षण है, या कभी-कभी हो जाता है। अपने इंस्टिक्ट के खुले खेल के लिए असभ्य और बर्बर वृत्ति के सामर्थ्य और शक्ति के प्रति खिंचाव रहना, मैं तो एक ढंग का परवर्शन ही मानता हूँ।

मेहरबानसिंह के इस वक्तव्य से मुझे लगा कि वह उनका एक आत्म-निवेदन मात्र है। मैं यह पहचान गया। इसे भाँप गया। उनकी आँखों में एकाएक प्रकट हुई और फिर वैसे ही तुरत लुप्त हुई रोशनी से मैं यह जान गया। लेकिन मेरे खयाल की उन्होंने परवा नहीं की। और, उनकी कहानी आगे बढ़ी।

—आखिरकार उसने जोकर बनने का बीड़ा उठाया। भूख ने उसे काफ़ी निर्लज्ज भी बना दिया था।

शाम को, जब खेल शुरू होने के लिए क़रीब दो घण्टे बाक़ी थे, उसने सर्कस के द्वार से घुसना चाहा कि वह रोक दिया गया। वह अन्दर जाने के लिए गिड़गिड़ाया। दो मज़बूत आदमियों ने उसकी दो बाँहें पकड़ लीं। वे गोआनीज़ मालूम होते थे।

"कहाँ जा रहे हो ?"

रौब जमाने के लिए उसने अँगरेज़ी में कहा, "मैनेजर साहब से मिलना है।"

अँगरेज़ी में जवाब मिला, "वहाँ नहीं जा सकते ! क्या काम है ?"

हिन्दी में—"नौकरी चाहिए।"

अँगरेज़ी में—"नौकरी नहीं है, गेट-आउट।" और वह बाहर फेंक दिया गया।

दिल को धक्का लगा। बाहर, एक पत्थर पर बैठे-बैठे वह सोचने लगा—कहीं भी जनतन्त्र नहीं है। यहाँ भी नहीं। भीख नहीं माँग सकता, यह असम्भव है, इसलिए नौकरी की तलाश है। और वह मन-ही-मन न मालूम क्या-क्या बड़बड़ाने लगा।

मेहरबानसिंह ने कहा कि यहाँ से कहानी एक नये और भयंकर तरीक़े से मुड़ जाती है। वह मैनेजर को देखने का प्रयत्न करे, या वापस हो ! बताइए, आप बताइए ! और, उन्होंने मेरी आँखों में आँखें डालीं।

उनके प्रश्न का मैं क्या जवाब देता ! फिर भी मैंने अपने तर्क से कहा कि स्वाभाविक यही है कि वह मैनेजर से मिलने की एक बार और कोशिश करे। जोकर की कमाई भी मेहनत की कमाई होती है ! कोई धर्मादाय पर जीने की बात तो है नहीं।

—एक्ज़ैक्टली ! (ठीक बात है) उन्होंने कहा। उसने भी यही निर्णय लिया, लेकिन

यह निर्णय उसके आगे आनेवाले भीषण दुर्भाग्य का एकमात्र कारण था। वह निर्णयात्मक क्षण था, जब उसने यह तय किया कि मैनेजर से मिलने के लिए सर्कस के सामने वह भूख-हड़ताल करेगा। उसने यह तय किया, संकल्प किया, प्रण किया। और, यह प्रण आगे चलकर उसके नाश का कारण बना ! दिल की सचाई, और सही-सही निर्णय से, दुर्भाग्य का कोई सम्बन्ध नहीं है। उसका चक्र स्वतन्त्र है, उसके अपने नियम हैं।

मेहरबानसिंह अपनी कुरसी से उठ पड़े। कोट की जेबों में माचिस की तलाश करने लगे। मैंने अपनी जेब से उन्हें दियासलाई दी, जिसमें कुछ ही तीलियाँ शेष थीं। उन्होंने मुझे सिगरेट ऑफ़र की। मैंने कहा, "नहीं-नहीं, मेरे पास बीड़ी है।"

"अरे, लो !! कामरेड !! लाओ मुझे बीड़ी दो !! मैं बीड़ी पीऊँगा !!"

कामरेड शब्द के प्रयोग पर मुझे ताज्जुब है। ऐसा उन्होंने क्यों कहा ? मेरे लिए इस शब्द का आज तक किसी ने प्रयोग नहीं किया। मैं मेहरबानसिंह के अतीत के विषय में कुछ जिज्ञासु और सशंक हो उठा। मेरी कल्पना ने कहा—इनके भूतकाल में कोई भूत ज़रूर बैठा है ! एक सेकण्ड क्लास गज़टेड अफ़सर की रैंक का आदमी, इस शब्द का प्रयोग करता है, ज़रूर वह पुराने ज़माने में उचक्का रहा होगा !

मेहरबानसिंह ने भौंहों के परे देखते हुए, मानो आसमान की तरफ़ देख रहे हों, बीड़ी का एक कश खींचा, और कहा, "इसके आगे मैं ज़्यादा नहीं कह सकूँगा, केवल इम्प्रेशंस ही कहूँगा।"

—भूख हड़ताल के आस-पास लोगों के जमाव से घबराकर नौकरों ने शायद, मैनेजर के सामने जाकर यह बात कही। थोड़े ही समय बाद, शामियाने के अन्दर बनाये गये एक कमरे में वह ले जाया गया। भीड़ बाहर रोक दी गयी। थोड़ी देर बाद सर्कस शुरू हुआ।

काले पैण्ट पर सफ़ेद झक कोट पहने वह साढ़े छह फ़ुट का एक मोटा-ताज़ा आदमी था, जो बिलकुल गोरा, यहाँ तक कि लाल मालूम होता था। वह या तो ऐंग्लो-इण्डियन होगा या गोआनीज़ ! आँखें कंजी, जिसमें हरी झाँक थी। वह एकदम चीता मालूम होता था। उतना ही खूबसूरत, वैसा ही भयंकर !

उसने साफ़ हिन्दी में कहा, "क्या चाहते हो ?"

उसे काटो तो खून नहीं। उसके राक्षसी भव्य सफ़ेद सौन्दर्य को देखकर, वह इतना हतप्रभ हो गया था।

मैनेजर ने फिर पूछा, "क्या चाहते हो ?"

दिमाग़ सुन्न हो गया था। मैनेजर के आसपास खूबसूरत औरतें आ-जा रही थीं। गुलाब-सी खिली हुई, या ज़िन्दा लाल मांस-सी चमकती हुईं। लेकिन भयंकर आकर्षक।

उसने सोचा, यह एक नया तजरबा है।

उसने शब्दों में दयनीयता लाते हुए कहा, "मुझे नौकरी चाहिए, कोई भी। चाहो

तो झाड़ू दे सकता हूँ, कपड़े साफ कर सकता हूँ। मुझे नौकर रख लो। चाहो तो मुझे जोकर बना दो, कई दिन से, पेट में कुछ नहीं ! मैं आपके पाँव पड़ता हूँ।''

—तो, साहब वह गिड़गिड़ाहट जारी रही। शब्द, वाक्य बग़ैर कामा फ़ुलस्टाप के बहते गये, बहते गये ! वहाँ के वातावरण के चमत्कारपूर्ण भयंकर आकर्षण ने उसे जकड़ लिया। उसने निश्चय कर लिया कि मैं जान दे दूँगा, लेकिन यहाँ से टलूँगा नहीं।

मैनेजर ने ऐसा आदमी नहीं देखा था। पता नहीं, उसने क्या सोचा। लेकिन उसके चेहरे पर आश्चर्य और घृणा के भाव रहे होंगे।

उसने कठोर स्वर में कहा, ''मेरे पास कोई नौकरी नहीं है। लेकिन तुम्हें रख सकता हूँ, सिर्फ़ एक शर्त पर।''

वह उसका चेहरा देखता खड़ा रह गया। अचानक दया से, उसके मुँह से एक शब्द भी न निकला। उसने केवल इतना सुना, 'सिर्फ़ एक शर्त पर।'

उसने मौखिक व्यायाम-सा करते हुए कहा, ''मैं हर शर्त मानने के लिए तैयार हूँ। मैं झाड़ू दूँगा। पानी भरूँगा। जो कहेंगे सो करूँगा।'' (ज़िन्दगी का एक ढर्रा तो शुरू हो जाएगा।)

मैनेजर ने घृणा, तिरस्कार और रौब से उसके सामने एक रुपया फेंकते हुए कहा, ''जाओ, खा आओ, कल सुबह आना !'' और मुँह फिराकर वह दूसरी ओर चलता बना। एक सीन खत्म हुआ।

दुर्भाग्य के मारे इस व्यक्ति ने फिर उस मैनेजर का चेहरा कभी नहीं देखा।

मेहरबानसिंह क़िस्सा कहते-कहते थक गये-से मालूम हुए। उन्होंने एक सिगरेट मेरे पास फेंकी, एक खुद सुलगायी और कहने लगे, ''क़िस्सा मुख़्तसर में यों है कि दूसरे दिन तड़के जब वह व्यक्ति सर्कस में दाखिल हुआ तो दो अजनबी आदमियों ने उसकी बाँहें पकड़ लीं और एक बन्द कोठे में ले गये। उसे कहा गया कि उसकी ड्यूटी सिर्फ़ कमरे में बैठे रहना है। उस दिन उसे खाना-पीना नहीं मिला। कोठे में किसी जंगली दरिन्दे की बास आ रही थी। उसके शरीर की उग्र दुर्गन्ध वहाँ वातावरण में फैली हुई थी। कमरा छोटा था। और बहुत ऊँचाई पर एक छोटा-सा सूराख था, जहाँ से हवा और प्रकाश आता था, लेकिन वह अँधेरे के सूनेपन को चीरने में असमर्थ था। वह व्यक्ति एक दिन और एक रात वहाँ पड़ा रहा। उसे सिर्फ़ दरिन्दों का खयाल आता। उनके भयानक चेहरे उसे दिखाई देते, मानो वे उसे खा जाएँगे।

एक बड़े ही लम्बे और कष्टदायक अरसे के बाद, जब एक चमकदार यहूदी औरत ने कोठे का दरवाज़ा खोला और कहा, ''गुड मार्निंग'', तब उसे समझ में आया कि वह स्वयं ज़िन्दगी का एक हिस्सा है, मौत का हिस्सा नहीं। औरत बेतकल्लुफ़ी से उसके पास बैठ गयी और उसे नाश्ता कराया, जिसमें कम-से-कम तीन कप गरम-गरम चाय, ताज़ा भुना गोश्त, अण्डा, सेण्डविचेज़ और कुछ भारतीय मिठाई भी थी।

लेकिन, इतना सब कुछ उससे खाया नहीं गया। मरे हुए की भाँति उसने पूछा,

"मुझे कब तक कोठे में रखा जाएगा, मेरी ड्यूटी क्या है ?"

यहूदी औरत सिर्फ़ मुसकरायी। उसने कहा, "ईश्वर को धन्यवाद दो कि तुम्हारी तरक़्क़ी का रास्ता खुल रहा है। ये तो बीच के इम्तिहानात हैं, जिन्हें पास करना निहायत ज़रूरी है।"

किन्तु, उस व्यक्ति का मन नहीं भरा। उसने फिर पूछा, "क्या मैं मैनेजर से मिल सकता हूँ ?"

यहूदी औरत ने उसकी तरफ़ सहानुभूतिपूर्वक देखते हुए कहा, "अब मैनेजर से तुम्हारी मुलाक़ात हो ही नहीं सकती। अब तुम दूसरे के चार्ज में पहुँच गये हो, वह तुम्हें मैनेजर से मिलने नहीं देगा।"

यहूदी औरत जब वापस जाने लगी तब उसने कहा, "कल फिर आओगी क्या ?"

उसने पीछे की ओर देखा, मुसकरायी और बग़ैर जवाब दिये वापस चली गयी। कोठे का दरवाज़ा बाहर से बन्द हो गया। और, एक बच्चे की भाँति वह उस चमकदार और छाया-बिम्ब से खेलता रहा।

किन्तु, उसका यह सुख क्षणिक ही था। लगभग दो घण्टे घुप अँधेरे में रहने के बाद दरवाज़ा चरमराया और वास्कट पहने हुए दो काले व्यक्ति हण्टर लिये हुए वहाँ पहुँचे।

वे न मालूम कैसी-कैसी भयंकर कसरतें करवाने लगे, जिनका वर्णन नहीं किया जा सकता। वे कसरतें नहीं थीं, शारीरिक अत्याचार था। ज़रा ग़लती होने पर वे हण्टर मारते। इस दौरान उस व्यक्ति की काफ़ी पिटाई हुई। उसके हाथ, पैर, ठोढ़ी में घाव लग गये। वह कराहने लगा। कराह सुनते ही, चाबुक का गुस्सा तेज़ हो जाता। मतलब यह कि वह अधमरा हो गया। उसको ऐसी हालत में छोड़कर, हण्टर-धारी राक्षस चले गये।

क़रीब तीन घण्टे बाद, चाय आयी, डॉक्टर आये, इंजेक्शन लगे, किन्तु किसी ने दरिन्दे की दुर्गन्ध से भरे हुए उस कोठे में से उसे नहीं निकाला।

समय ने हिलना-डुलना छोड़ दिया था। वह जड़ीभूत सूने में परिवर्तित हो गया था।

बाद में, दो-एक दिन तक, किसी ने उसकी खबर नहीं ली। उसे प्रतीत होने लगा कि वह किसी क़ब्र के भीतर के अन्तिम पत्थर के नीचे गड़ा हुआ सिर्फ़ एक अधमरा प्राण है।

एकाएक तीन-चार आदमियों ने प्रवेश किया और उसे उठाकर, मानो वह प्रेत हो, एक साफ़-सुथरे कमरे में ले गये। वहीं उसे दो-चार दिन रखा गया, अच्छा भोजन दिया गया।

कुछ दिनों बाद, ज्यों ही उसके स्वास्थ्य में सुधार हुआ, उसे वहाँ से हटाकर रीछों के एक पिंजरे में दाखिल कर दिया गया।

अब उसके दोस्त रीछ बनने लगे। वहीं उसका घर था, कम-से-कम वहाँ हवा और रोशनी तो थी।

लेकिन, उसकी यह प्रसन्नता अत्यन्त क्षणिक थी। उसके शरीर पर अत्याचार का नया दौर शुरू हुआ। उससे अजीबोग़रीब ढंग की क़वायदें करायी जातीं। रीछों के मुँह में हाथ डलवाये जाते, रीछ छाती पर चढ़वाया जाता और ज़रा ग़लती की कि हण्टर। कुछ रीछ बड़े शैतान थे। उसका मुँह चाटते, कान काट लेते। उनके बालों में कीड़े रहा करते और हमेशा यह डर रहता कि कहीं रीछ उसे मार न डालें। शुरू-शुरू में, व्यक्ति को भुना हुआ मांस मिलता। अब उसके सामने कच्चे मांस की थाली जाने लगी। अगर न खाए तो मौत, खाए तो मौत।

और हण्टरों का तो हिसाब न पूछो। शायद ही कोई ऐसा दिन गया होगा, जब उस पर हण्टर न पड़े हों, बाद में भले ही टिंक्चरआयोडिन और मरहम लगाया गया हो।

वह यह पहचान गया कि उसे जान-बूझकर पशु बनाया जा रहा है। पशु बन जाने की उसे ट्रेनिंग दी जा रही है। उसके शरीर के अन्दर नयी सहन-शक्ति पैदा की जा रही है।

अब उसे कोठे से निकाल बाहर किया गया और एक-दूसरे छोटे पिंजरे में बन्द कर दिया गया। वहाँ कोई नहीं था, और एक निर्द्वन्द्व अकेला जानवर था। अकेलेपन में वह पिछली ज़िन्दगी से नयी ज़िन्दगी की तुलना करने लगता और उसे आत्महत्या करने की इच्छा हो जाती। इस नये क्षेत्र में, जीवन-यापन का एकमात्र स्टैण्डर्ड यह था कि वह पशु-रूप बन जाए। उसने इसकी कोशिश भी की।

अति भीषण क्षण में, चार-पाँच आदमी पिंजरे में घुसे और उसे घेर लिया। उसकी भयभीत पुतलियाँ आँखों में मछली-सी तैर रही थीं। वह डर के मारे बर्फ़ हो रहा था। शायद, अब उसे बिजली के हण्टर पड़ेंगे ! पाँचों आदमियों ने उसे पकड़ लिया और उसके शरीर पर ज़बरदस्ती रीछ का चमड़ा मढ़ दिया गया और उससे कह दिया गया कि साले अगर रीछ बनकर तुम नहीं रहोगे तो गोली से फ़ौरन से पेश्तर उड़ा दिये जाओगे।

यहाँ से उस व्यक्ति का मानव-अवतार समाप्त होकर ऋक्षावतार शुरू होता है। उससे वे सभी क़वायदें करवायी जाती हैं, जो एक रीछ करता है। उस सबकी प्रैक्टिस दी जाती है और प्रैक्टिस भी कैसी—महाभीषण ! और अगर नहीं की तो सभी आदमी एकदम उसपर हमला करते हैं। बिजली के हण्टरों की फटकार, गाली-गलौज और मारपीट तो मानो रुटीन हो गयी है। जलते हुए लोहे के पहिये के बीच से उसे निकल जाने को कहा जाता है। उसे खौफ़नाक ऊँचाई से कुदवाया जाता है आदि-आदि।

फिर उसे कच्चा मांस, भुना मांस और शराब पिलायी जाती है और यह घोषित किया जाता है कि कल उसकी प्रैक्टिस अकेले-अकेले सिर्फ़ शेरों के साथ होगी।

शीघ्र ही इम्तिहान का चरम क्षण उपस्थित होता है।

वह रात भर भयंकर दुःस्वप्न देखता रहा है। वैसे तो सर्कस की उसकी पूरी ज़िन्दगी एक भीषण दुःस्वप्न है, किन्तु कल रात का उसका सपना, दुःस्वप्न के भीतर का एक भीषण दुःस्वप्न रहा है, जिसे वह कभी नहीं भूल सकता। सुबह उठता है तो विश्वास नहीं कर पाता है कि वह इन्सान है। चले गये वे दिन जब वह किसी का मित्र तो किसी का पुत्र था। पेट भूखा ही क्यों न सही, आँखें तो सुन्दर दृश्य देख सकती थीं और वह सुनहली धूप ! आहा ! कैसी खूबसूरत ! उतनी ही मनोहर जितनी सुशीला की त्वचा !

लेकिन वह अपने पर ही विस्मित हो उठा। यह सब वह सह सका, ज़िन्दा रह सका, कच्चा मांस खा सका। मार खा सका और जीवित रह सका ! क्या वह आदमी है ? शायद, पशु बनने की प्रक्रिया पहले से ही शुरू हो गयी थी।

नाश्ते का समय आया। किन्तु, नाश्ता गोल ! राम-राम कहते-कहते भोजन का समय आया तो वह भी ग़ैर-हाज़िर ! पेट का भूखा ! क्या करे ! शायद, भोजन आता ही होगा !

लेकिन, उसे बिलकुल भूख नहीं है, ज़बान सूखी हुई है। अगर वह चिल्लाया तो पहले की भाँति, मुँह में कपड़ा ठूँस दिया जाएगा और उससे और तकलीफ़ होगी। खैरियत इसी में है कि चुप रहे, और आराम से साँस ले।

एकाएक सामने का एक बड़ा भारी पिंजरा खुला। अब तक उसमें कुछ था नहीं, लेकिन अब उसमें एक बड़ा-डरावना शेर हलचल करता हुआ दिखाई दे रहा था। एकाएक उसका भी पिंजरा खुला और दोनों पिंजरों के दरवाज़े एक-दूसरे के सामने हो लिये। और, आदमियों की जो छायाएँ इधर-उधर दिखाई दे रही थीं, वे ग़ायब हो गयीं।

एकाएक शेर चिंघाड़ा ! ऋक्षावतार का रोम-रोम काँप उठा, कण-कण में भय की मर्मान्तक बिजली समा गयी। रीछ को मालूम हुआ कि शेर ने ऐसी ज़ोरदार छलाँग मारी कि एकदम उसकी गरदन उस दुष्ट पशु के जबड़े में जकड़ी गयी। हृदय से अनायास उठनेवाली 'मरा-मरा' की ध्वनि के बाद अँधेरा-सा फैलने लगा। शेर की साँस उसके आसपास फैल गयी, शेर के चमड़े की दुर्गन्ध उसके कानों में घुसी थी कि इतने में उसके कान में कुछ कम्पन हुआ, कुछ स्वर-लहरें घुसीं जो कहने लगीं :

"अबे डरता क्या है, मैं भी तेरे ही सरीखा हूँ, मुझे भी पशु बनाया गया है, सिर्फ़ मैं शेर की खाल पहने हूँ, तू रीछ की !"

इस बात पर रीछ को विश्वास करने या न करने की फ़ुरसत ही न देते हुए शेर ने कहा, "तुम पर चढ़ बैठने की सिर्फ़ मुझे क़वायद करनी है, मैं तुझे खा डालने की कोशिश करूँगा, खाऊँगा नहीं। क़वायद नहीं की तो हण्टर पड़ेंगे तुमको और मुझको भी ! आओ, हम दोस्त बन जाएँ, अगर पशु की ज़िन्दगी बितानी है तो ठाठ से बिताएँ,

आपस में समझौता करके।"

मैं ठहाका मारकर हँस पड़ा। बात मुझ पर कसी गयी थी। बड़ी देर तक बात का मज़ा लेता रहा। फिर मेरे मुँह से निकल पड़ा, "तो गोया आप शेर हैं, और मैं रीछ।"...

मुझ पर कहानी का जो असर हुआ उसकी ओर तनिक भी ध्यान न देते हुए, अत्यन्त दार्शनिक भाव से मेरे अफ़सर ने कहा, "भाई, समझौता करके चलना पड़ता है ज़िन्दगी में, कभी-कभी जान-बूझकर अपने सिर बुराई भी मोल लेनी पड़ती है। लेकिन उससे फ़ायदा भी होता है। सिर सलामत तो टोपी हज़ार।"

अफ़सर के चेहरे पर गहरा कड़वा काला खयाल जम गया था। लगता था मानो वह स्वयं कोई रटी-रटायी बात बोल रहा हो। मुझे लगा कि ज़िन्दगी से समझौता करने में उसे अपने लम्बे-लम्बे पैर और हाथ काटने-छाँटने पड़े हैं। शायद मुझे देखकर उसे उस बैल की याद आयी थी, जिसके सिर पर जुआ रखा तो गया है, लेकिन जो उससे भाग-भाग उठा है। शायद, उसे इस बात की खुशी भी हुई थी कि मुझमें वह जवान नामसझी है, जो ग़लत और फ़ालतू बातें एक मिनट गवारा नहीं कर सकता।

मैं उसकी साँवली हड्डीदार सूरत को देखता रहा। हाँ, उस पर ज़िन्दगी से समझौते के विरुद्ध एक क्षोभ की काली भावना छायी हुई थी।

मैंने पूछा, "तो मैं इस काग़ज़ पर दस्तखत कर दूँ।"

उसने दबाव के साथ कहा, "बिला शक, वार्निंग देनेवाला मैं, लेने वाले तुम, मैं शेर तुम रीछ।"

यह कहकर हँस पड़ा, मानो उसने अनोखी बात कही हो। मैंने मज़ाकिया ढंग से पूछा, "मैं देखना चाहता हूँ कि शेर के कहीं दाँत तो नहीं हैं।"

"तुम भी अजीब आदमी हो, यह तो सर्कस है, सर्विस नहीं।"

"देखो, आज पाँच साल की नौकरी हो गयी। एक बार भी न एक्सप्लेनेशन दिया, न मुझे वार्निंग आयी। मज़ा यह है कि यह ऐक्टिंग उस बात के खिलाफ़ है जो मैंने कभी की ही नहीं। यह कलंक है उस अपराध का जो मैंने कभी किया ही नहीं।"

उसने कहा, "तब तुमने भाड़ झोंका। अगर एक्सप्लेनेशन देने की कला तुमको नहीं आयी तो फिर सर्विस क्या की ! मैंने तीन सौ साठ एक्सप्लेनेशन दिये हैं। वार्निंग अलबत्ता मुझे नहीं मिली, इसलिए कि मुझे एक्सप्लेनेशन लिखना आता है, और इसलिए कि मैं शेर हूँ, रीछ नहीं। तुमसे पहले पशु बना हूँ। सीनियॉरिटी का मुझे फ़ायदा भी तो है। कभी आगे तुम भी शेर बन जाओगे।"

बात में गम्भीरता थी, मज़ाक़ भी। मज़ाक़ का मज़ा लिया, गम्भीरता दिल में छिपा ली।

इतने में मैंने उससे पूछा, "यह कहानी आपने कहाँ सुनी ?"

वह हँस पड़ा। बोला, "यह एक लोककथा है। इसके कई रूप प्रचलित हैं। कुछ

लोग कहते हैं कि वह रीछ बी. ए. नहीं था, हिन्दी में एम. ए. था।''

भयानक व्यंग्य था उसके शब्दों में। मैंने उससे सहज जिज्ञासा के भोले भाव से पूछा, ''तो क्या उसने सचमुच फिर से मैनेजर को नहीं देखा।''

वह मुसकराया। मुसकराता रह गया। उसके मुँह से सिर्फ़ इतना ही निकला, ''यह तो सोचो कि वह कौन मैनेजर है जो हमें-तुम्हें, सबको रीछ-शेर-भालू-चीता-हाथी बनाये हुए है !''

मेरा सिर नीचे लटक गया। किसी सोच के समन्दर में तैरने लगा।

तब तक चाय बिलकुल ठण्डी हो चुकी थी और दिल भी।

आखेट

सामने सड़क पर लोगों का आना-जाना शुरू हो गया। मोटर, साइकल, टाँगों का ज़ोर भी बढ़ चला। मुहब्बतसिंह को अपनी अँधेरी चौकी में बैठे-बैठे इस तरह देखते रहने, सुनते रहने की आदत पड़ चुकी थी मानो देखते हुए कुछ भी न देखता हो, सुनते हुए कुछ भी न सुनता हो। कभी-कभी वह सिर पर का भारी साफ़ा उतारकर अपनी घनी, लम्बी, काली मूँछों पर ताव देता हुआ न मालूम किस सोच में पड़ जाता। अपनी तन्द्रा से वह तभी जागता, जब ड्यूटी पर का लम्बा-चौड़ा सिपाही अपने काले फ़ुल बूट की एक नाल से दूसरे पाँव के बूट पर खट जमाकर तानता हुआ लम्बा सलाम कर सामने आता। वह बोलता बहुत कम था, पर सबसे बोलता था। वैसे वह काफ़ी लोकप्रिय भी था। सिपाहियों को पैसे उधार देता और उन्हें जुर्माने से बचाता, उनके बच्चों से प्यार करता। परन्तु बच्चे डरा करते, दूर से ही 'काका ! काका !' करते, पर पास न आते। जब वह सामनेवाले हलवाई से जलेबी लाता, तब कहीं रामसिंह का बेटा लछमन, भागवती का लड़का काल्या और इस्माइल का लड़का मकसूद उसके पास आते। बड़ी अनिच्छा से उन्हें उसके पास जाना पड़ता। जब मुहब्बतसिंह उनको चूमता तो उसकी घनी मूँछ उनके कोमल गालों को चुभने लगती।

उसका मोटा डीलडौल, बड़ा सिर, राजपूतानी सीधी नाक, आँखें बड़ी और पैनी मानो वह सबको डाकू लग रहा हो। उसकी डरावनी, बड़ी, घनी, लम्बी मूँछें सबके हृदय में भीति पैदा कर देतीं। वह अधिक भयावना इसलिए लगता कि उसकी घनी भृकुटियाँ प्रश्न और उत्तर के साथ-साथ वक्र होने लगतीं। परन्तु इस अपने भयावनेपन का उसे बिलकुल ज्ञान न था। वैसे वह दिल का बड़ा उदार और दुनिया को समझनेवाला समझा जाता था।

उसकी चौकी बहुत मामूली चौकियों में से थी। कभी-कभी एक ओर अपनी गद्दी को सिरहाने लपेटकर एक दरी उठाकर लेटा रहता। एक ओर चूल्हा था, जिसने दीवार को काला कर रखा था, जिसमें राख पर अधजली लकड़ी पड़ी रहती। दरी के पासवाली खूँटी पर उसके खाकी झोले में वरदी पड़ी रहती, उसी के पास दूसरी खूँटी पर उसके सादे कपड़े। बाहर की दीवार पर उसने दो कीलें लगा दी थीं, जिन पर उनकी हरी

किनारवाली मोटी धोती सूखती रहती। अनजान में भी यदि कोई उसपर हाथ लगा देता तो उसकी तबीयत सख़्त नाराज़ हो जाती।

सुबह और शाम, दोपहर को कभी-कभी, हमेशा रात की वरदी डाटे वह भूत के समान अकेला घूमा करता, कभी-कभी थककर किसी पानवाले या हलवाई के पास कुरसी पर बैठ जाता और अपनी रोबदार मूँछों पर ताव दिया करता। रात को अपने हलक़े में कभी भी उसे बैठा हुआ नहीं पाया गया। अलबत्ता वह अचानक अपनी बेढब तानों से सिनेमा के चलतू गीत गाया करता।

सुबह से आज उसने वरदी डटाकर घूमना शुरू किया, क्योंकि आज देखभाल के लिए पुलिस का नया इन्सपेक्टर जनरल आनेवाला था। वह आज अधिक सतर्क, अधिक डरावना और अन्दर से अधिक ख़ुश था। उसकी सतर्कता उसकी भौंहों की कठिन वक्रता से मिलकर भीषण हो उठी थी। उसकी बड़ी पैनी आँखें आज अधिक शंकाशील थीं। उसकी गुच्छेदार मूँछें उठावदार गालों पर बाँकापन लिये हुए थीं।

जब वह ड्यूटी से लौटा तो शाम हो गयी थी। सड़कों पर भीड़ वैसी ही थी। अपनी अँधेरी चौकी में घुसकर उसने टीन की चिमनी जला दी।

शहर में बिजली की बत्तियाँ जल उठीं। नीले आकाश में सफ़ेद और काले पक्षियों के झुण्ड सूर्यास्त की लाली की ओर मन्द गति से तैरते हुए अदृश्य हो गये।

मुहब्बतसिंह ने वरदी उतारकर, नियमपूर्वक झोले में रख दी। धोती पर बण्डी पहनकर उसने दरी पर हाथ-पाँव फैला दिये। वह सारे दिन का थका-माँदा और भूखा था।

सामने सड़क पर आने-जानेवालों का तुमुल कल्लोल हो रहा था, परन्तु वह मानो उसके कानों तक ही पहुँचता था। वह अपनेआप में मग्न, एक आन्तरिक सुनसान प्रदेश में व्याप्त हो रहा था। एकाएक मानो वह अपनी नींद से जगा, बहुत दिनों में आज उसने समझा, कोई उसे पुकार रहा है। उसने वहीं से आवाज़ दी, ''इधर सामने आओ।''

एक आकृति, जिस पर किवाड़ की गहरी छाया पड़ रही थी, दरवाज़े पर खड़ी हो गयी। मुहब्बतसिंह ने उसे और आगे बुलाया, जिससे उसका मुँह दिख सके। वह आकृति वहाँ से हटकर एक कोने में खड़ी हो गयी।

मैले बाल इधर-उधर बिखरकर उस स्त्री के नाजुक मुँह को बिगाड़ रहे थे। वह लपेटे हुई थी एक चीथड़ा, जिसमें से उसके अंग झाँक रहे थे। मुँह पर से दीनता टपक रही थी। वह सकपकायी हुई खड़ी हो गयी।

उसे यह स्त्री पहचान में नहीं आयी फिर उसके शरीर पर ध्यान गया, और उसकी घनी भौंहोंवाली पैनी आँखें छेदों से भरे हुए कपड़े पर जाकर अटक गयीं।

वह मानो सचेत होकर बैठ गया। अपने अन्दर इतना सचेत वह पहले बहुत कम हुआ था। अपनी मूँछों पर स्वाभाविक रूप से ताव देते हुए उसने पूछा, ''कहाँ रहती

है ?" उस स्त्री की ज़बान बन्द थी मुहब्बतसिंह की भयानक सूरत के मारे। "यहाँ क्यों आयी है ? किस शहर की रहनेवाली है ?" मुहब्बतसिंह यह सब पूछता गया, पुलिस की रीति के मुताबिक बिना उत्तर पाये।

बाहर की हवा ज़बरदस्ती अन्दर घुस पड़ी और दीपक की लौ काँपने लगी। मुहब्बतसिंह का ध्यान दीपशिखा काँपने की ओर गया और अचानक उसकी नसों में बिजली दौड़ गयी। केवल इतना सुना–"मैं भूखी हूँ।"

मुहब्बतसिंह ने खड़े होकर एकदम उसका हाथ पकड़ लिया और दाबकर फिर छोड़ दिया।

पाप के समय भी मनुष्य का ध्यान इज़्ज़त की तरफ़ रहता है। वह पाप करते समय पाप से नहीं डरता, पाप के खुलने से डरता है। वह डर गया कि कोई आ न जाए, पर वह घबराया नहीं, और अपने ही घर में चोर बनकर हलके पैर, धीरे किवाड़ बन्द कर दिये तथा साँकल लगा दी।

दीया न मालूम क्यों, आप-ही-आप बुझ गया। अँधेरे में क्या हुआ करता है ? पाप !

मानो कोई आदमी किसी पहाड़ की चोटी पर जाने तक अथक परिश्रम करे और चोटी पर पहुँचते ही पाँव फिसलकर, उसके ढाल पर से ज़ोर से लटकता हुआ अधमरा होकर वहीं पहुँचे, जहाँ से वह चला था, किसी हद तक वैसी ही हालत मुहब्बतसिंह की हो गयी। पर उसका मस्तिष्क अधिक सचेत हो उठा। उसके अन्दर का एक छिपा हुआ दीपक पूरी ज्योति से जग उठा। वह अँधेरे में वैसे ही पड़ा रहा। बाहर हवा किवाड़ को धक्का दे रही थी।

एकाएक मुहब्बतसिंह को अपनी माँ की याद आयी जो कहा करती थी, "पाप से बचाकर !" उसकी धुँधली आँखों में मुहब्बतसिंह को आज मानो कोई नया सत्य दीखा हो। वे आँखें आज अधिक स्पष्ट होकर उसके सामने आयीं और उसको मालूम हुआ मानो उसकी आँखें गीली हो रही हों। उसके बाद, उसे पिता भी याद आये, उनकी प्यार-भरी बातें याद आने लगीं और उसका दिल भारी हो गया।

बाहर आँधी चल रही थी और चौकी का दरवाज़ा खटखटा रहा था, अब तक मानो उसने यह नहीं सुना था। अब सुना और सचेष्ट हो गया और अपनी अवस्था पर उसका ध्यान गया। अपने आन्तरिक जगत् से लुढ़ककर वह समाज और राजनीति के जगत् में खड़ा हो गया।

वह उठकर सचमुच खड़ा हो गया। जल्दी-जल्दी चिमनी जला दी जिससे वह इस परिस्थिति को मिटा सके। उस स्त्री का शरीर पड़ा था, मानो कोई मुरदा हो, और उसका मुँह दरी के पीछे छिपा था।

इस अकल्पित, अजीब परिस्थिति में मुहब्बतसिंह आज ही पड़ा था। इसका एकदम निपटारा करने का उसने निश्चय कर लिया। वह उसके पास गया, उस स्त्री को एकदम

उठाने के लिए और बाहर करने के लिए। लेकिन जब वह उसके पास जाकर बैठा तो हाथ पकड़कर खींचने के बजाय उसके कृश हाथों पर हाथ फेरने लगा। आदमी में तूफ़ान हमेशा थोड़े ही रहता है।

वह स्त्री भूख की सतायी थी, जिसके माँ-बाप, भाई-बहन लापता, न रहने का स्थान, न पहनने को कुछ। सारे शहर में पैसे के लिए घूमने पर पेट की ज्वाला से व्याकुल और निराश होकर, इस दरवाज़े पर ठहर गयी थी और आवाज़ दी थी।

अब तक वह मानो अचेत-सी थी। वह जगत् की ठोकरों को उड़ते काग़ज़ के समान ले रही थी। परिस्थितियों को मान ही नहीं रही थी। परिस्थिति को वह माने जिसमें अपने व्यक्तित्व का भाव हो। व्यक्तित्व ही के लिए समाज और नैतिकता होती है। भूखे और समाज की आर्थिक नीति से बुरी तरह कुचले हुए समाज से बाहर समझे जाते हैं। केवल किसी प्रकार उदर-भरण तक बन सके करते रहना ही इनकी इच्छा, आकांक्षा और ममता थी। वह कितनी भूखी थी।

पर अब जबकि वह सचेत हो उठी थी, मुहब्बतसिंह का गरम हाथ उसके कृश शरीर, उसके अस्त-व्यस्त बालों और कपाल पर फिर रहा था। उसमें अत्याचार की ज्वाला नहीं थी, भावनाओं की गरमी थी। वह अधिकाधिक सचेत होने लगी।

मुहब्बतसिंह हाथ फेर रहा था उसकी पीठ पर और उसके सामने माँ की तसवीर थी। कभी-कभी उसकी माँ इस तरह पीठ पर हाथ फेरा करती थी। मानो उसकी वह ममता दोनों के बन्धन-कारण बनेगी।

उस स्त्री ने गद्दी से अपना मुँह निकाल लिया और क्षीण आवाज़ में कहा, "मुझे भूख लगी है।" सचेतावस्था के साथ-ही-साथ उसे भूख लगने का भान भी हो आया।

मुहब्बतसिंह ने मानो अब पहचाना कि वह किसलिए आयी है। और हाय रे ! उसने क्या कर डाला !

मुहब्बतसिंह झटपट उठा और एलुमिनियम का डब्बा देखा, उसमें कुछ भी नहीं था। फिर उसके मन में विचार आया, रुपया देकर इसे रवाना कर दे। उसने जेब टटोली पर उसमें क्या था ?

वह चुपचाप आकर बैठ गया और फिर वैसे ही हाथ फेरने लगा। मुहब्बतसिंह ने देखा, उसके आँसू बह रहे हैं, उससे रहा नहीं गया, पूछा, "क्यों रोती है ?"

"मुझे भूख लगी है," उसने काँपते स्वरों में कहा। उसके भावना के आँसू थे।

मुहब्बतसिंह ने आवेग में आकर उसको अपनी गोद में खींच लिया। वह वैसे ही खिंच आयी और फूट-फूटकर रोने लगी।

किन्तु मुहब्बतसिंह के मन में इसी आवेश ने दुविधा उत्पन्न कर दी। उसने निश्चय किया था कि किसी तरह इससे सुबह तक निबट लेंगे। पर, अब यह निश्चय काँपने लगा फिर उसके मन में, शंकाशील वृत्ति जाग उठी। पर एक असहाय को अपनी गोद में चिपटे देखकर वह वैसे ही हटा जैसे दीपक के आने पर अँधेरा पीछे हटता है।

अब मुहब्बतसिंह अपने-आप को संकट में पाने लगा। एक हेड कान्स्टेबिल पुलिस अपने घर में भिखारिन रख ले। यह ग़ैर-मुमकिन बात है।

उसकी गोद में पड़ी स्त्री ने जी-भर रोने के बाद उसकी तरफ़ देखा। मुहब्बतसिंह ने उसके करुण मुख की ओर देखते हुए उसके बालों पर हाथ फेर दिया और अब उसका ध्यान उसकी दशा की ओर गया।

उसने उसको बहुत हलके हाथों गद्दी पर टिका दिया। दरवाज़ा खोल देने पर बाहर की तुमुल आँधी घर के अन्दर घुस पड़ी और दीपक बुझ गया।

मुहब्बतसिंह की आँखों के सामने व्यापक कालापन छा गया और आँधी ने बाहर जाने से बलात् रोक दिया। उसको मालूम हुआ मानो आन्तरिक और बाह्य सब शक्तियाँ उसके विरुद्ध हैं, और उन सबसे उसे भिड़ना है।

टीन के पत्तरों को उड़ानेवाली, बोलती हुई हवा ने उसकी आँखों में कचरा डाल दिया। आँखों को एक हाथ से पोंछते हुए दूसरे से टीन पकड़कर वह उन कीलों के पास पहुँच गया जिनपर धोती सूखने के लिए डाली गयी थी। जिस कील पर उसका हाथ गया, उस पर उसे धोती का पता नहीं मिला। अब वह घबराया, अन्दर से।

बहुत छोटी कठिनाइयों को जब विस्तृत और रंगीन रूप दिया जाता है, तब वे मन पर उतना ही असर करती हैं जितनी कि बड़ी और गम्भीर। तब उनमें दूसरों से ली हुई शक्ति आ जाती है।

परन्तु उसका पुलिस का दिमाग़ हिम्मत बाँध गया। कैसे उसने कई रातें सुनसान खँडहरों और क़ब्रों में गुज़ार दी थीं। वहाँ वह काँपता नहीं था, पर आज मानो किसी अदृश्य शक्ति ने उसके खिलाफ़ कमर कसी हो।

वह दो क़दम आगे चलकर ठहर गया और मानो उसके हाथों में आप-ही-आप धोती का पट्टा आ गया। उसने धोती दूसरे कीलों से छुड़ा ली और झट चौकी के अन्दर घुस गया, दरवाज़ा बन्द करते हुए।

उसने फिर चिमनी जला दी। इसकी ज्योति मुसकरा उठी। मुहब्बतसिंह मानो स्वस्थ हो गया। स्त्री उठ बैठी और इस मुहब्बतसिंह नामवाले पुलिस-मैन को एक बड़ी अजीब याद आयी, इस स्त्री को देखकर–

किसी गये ज़माने में जब मुहब्बत अठारह साल का नवयुवक था, कासिमगंज आउटपोस्ट का कान्स्टेबिल था मुसलमान और उसकी एक खूबसूरत लड़की थी। तब मुहब्बतसिंह स्वप्न देखनेवाला सीधा-सादा पुलिस का जवान था। सुबह का समय था, पूरब पीला हो उठा था, बग़ीचे में चिड़ियाँ चहचहा रही थीं। सरल लड़की सुबह उठा करती और रोज़ बग़ीचे में फूल तोड़ने आया करती। यह हवा के पास कन्धे पर बन्दूक रखकर घूमा करता। उसका जी मचल उठता। उस भोली लड़की ने, फूल तोड़ते वक़्त इस नौजवान, अड़ियल सिपाही का हृदय-फूल भी तोड़ लिया था। एक दफ़ा किसी सुबह, मुहब्बतसिंह के जी में सनक आयी। बन्दूक़ हवालात के गज़ में अड़ाकर रख

दी और बूट से खट-खट करता हुआ, फूल तोड़ने आयी हुई उस सरल लड़की का कोमल हाथ पकड़ लिया। लड़की थी उस समय चौदह और पन्द्रह के बीच की। वह चिल्लायी नहीं, मुसकरा दी जैसे उषा मुसकरा देती है।

लड़की ने अपनी चंचलता से कहा, "मुझे वह फूल तोड़ना है, जो सबसे ऊपर है। तुम ला दोगे, मुहब्बत !" उस सुबह के पहले प्यार में प्रेयसी की सुन्दर चाह पर मुहब्बत प्राण तक देने के लिए तैयार हो गया।

उसने कहा, "हाँ, मैं तो इससे भी ऊपर चढ़ा था।"

पर मुहब्बत को कठिनाई हुई, क्योंकि वह वरदी पहने हुए था लेकिन फिर भी चढ़ता गया। सचमुच चम्पा का फूल बहुत दूर था पर वह चढ़ता ही गया....

इधर हेड कान्स्टेबिल काल का रूप बनकर नीचे खड़ा था। उसे देखते ही मुहब्बत नीचे फिसल पड़ा और पीठ के बल गिरा...

इसके बाद वह बदल दिया गया और फिर वह प्यारी सूरत उसे कभी नहीं दिखी...

आज मुहब्बतसिंह के दिल में समस्त पुरानी पीड़ा एकत्र होकर आँखों में छाने लगी पर उसने अपनेआपको दबाया पर वह दब न सका, और मानो उसके उमड़ते प्राण किसी मूर्ति की खोज में लगने लगे।

बाहर मकसूद कुँजड़े के मुर्ग़ों ने बाँग देना शुरू किया और एक बैलगाड़ी खड़-खड़ करती हुई चौकी से गुज़र गयी।

आज पुराना रंग फिर मुहब्बतसिंह की आँखों में छाने लगा और उसे मालूम हुआ, या भ्रम हुआ, मानो वही–उसकी प्यारी, कोमल हाथों से रोज़ सुबह उठकर फूल तोड़नेवाली बालिका साक्षात् खड़ी है। मानो उस बालिका का पूरा स्नेह सौन्दर्य एकत्र होकर सामनेवाली स्त्री में उसे देख रहा था। उस स्त्री में वह उसी बालिका के अलौकिक रूप का प्रत्यक्ष दर्शन करने लगा...

...अब वह व्याकुल हो उठा मानो उषा, फूल और सब कोमल वस्तुओं के प्राण के सौन्दर्य और सुरभि के साथ-साथ उसके प्राण घुले-मिले जा रहे हों...

उसने दरवाज़ा खोल दिया। ठण्डी, कोमल हवा अन्दर घुस पड़ी और पूरब की पीली आभा उस स्त्री के मुख पर चमक उठी।

मुहब्बतसिंह मुसकरा उठा।

शाम को स्टेशन पर घूमने जाते समय मैंने उन दोनों को ट्रेन में चढ़ते देखा था।

मनुष्य में स्थित जिस पशु ने उस स्त्री को चौकी के अन्दर पैर रखते हुए अपना आखेट बना लिया था उसी मनुष्य के भीतर बैठे हुए देवता ने मानो अपने आचरण से उसे अनाथिनी से सनाथिनी बना दिया था।

चाबुक

'वही है क्या ? वही ?' एक बार वह स्वयं से ही बुदबुदाया था।

साँझ के समय ऑफ़िस के कमरे से निकलकर एक चुस्त-दुरुस्त लड़की मुँह पर का अनुमानित पसीना पोंछती हुई किसी की आँखों की राह गुज़र गयी थी।

वह फिर बुदबुदाया था अपने-आप से ही, 'वही है क्या—वही, वही ?'

अपने मन से ही फिर उसने सवाल पूछा था, 'वही ? वही कौन ?'

किन्तु वह इसका सन्तोषजनक उत्तर नहीं दे पाया था। अपने मन के प्रश्न को अपने मन का उत्तर न दे सका था।

शाम की ललाई में निलाई से धुले आसमान के चँदोवे के अँधेरे में किशोर खड़ा हुआ था एक मित्र की प्रतीक्षा में। काम की थकान के अनुभव में वातावरण की मिठास घुल रही थी। क्लर्की की ज़िन्दगी की वाहियातपन पर जवानी अब भी छा जाती थी।

वह एक ऊँचे क़द का तेईससाला नौजवान था, और अपने भुलक्कड़पन और अव्यवस्था के कारण बहुत बदनाम। ऑफ़िस सुपरिण्टेण्डेण्ट उससे सख़्त नाराज़ रहता था। किन्तु उसके सहकर्मी उसे निरीह जीव जान, उसकी ज़्यादा आफ़त न होने देते। ऑफ़िस की टाइपिस्ट से वह कुछ इस तरह पृथक् रहता कि लेखक को भी उसे बेवकूफ़ कहने की इच्छा होती है। किन्तु वह एक ऐसा व्यक्ति था जिसके आरपार देखा जा सकता है।

एक बात और थी। वह बेहद फ़िज़ूलखर्ची था। और आज भी, जब शाम के साढ़े पाँच बज चुके थे और ऑफ़िस की ज़िन्दगी शान्त हो रही थी—हो चुकी थी, वह अभी भी खड़ा था। किसी मित्र के लिए—शायद सिनेमा के वास्ते—वह अभी रुका हुआ था। जिस तरह गुड़ के पास चींटियाँ जमा हो जाती हैं, उसके आसपास चाय पीनेवाले दोस्त मँडराते रहते। कहना न होगा कि लेखक भी उनमें से एक है।

शायद आज वह बहुत अकेला अनुभव कर रहा था। मित्र आने का नाम न लेता था। वह यह फ़िज़ूल इन्तज़ार किये जा रहा था। मन में एक प्रकार की शिथिलता व्याप्त हो रही थी। सूनेपन के कारण उत्पन्न होनेवाली उद्विग्नता जग रही थी कि इतने में...

एक चुस्त-दुरुस्त लड़की आँखों की राह गुज़र गयी।

और चौंधियाया-सा, स्वयं ही की किसी आन्तरिक वृत्ति की गति से वह प्रश्न पूछता, 'वही है क्या ? वही ?' और उसकी आवृत्ति करता, 'वही है क्या ? वही ? वही ?'

कदाचित् उसकी मन की शिथिलता की भूमि से ही यह प्रश्न निकला था। किन्तु निस्सन्देह वह चौंधिया गया था।

उस लड़की की चुस्त-दुरुस्त, फिट्-फाट रहन-सहन उसे चाबुक मारती। उसको लगता—मेरे व्यक्तित्व से इतना कण्ट्रास्ट ! वह कण्ट्रास्ट कि जिसमें एक विशेष स्तर पर घोर औचित्य है। नहीं तो वह...नहीं तो और।

और भी तो लड़कियाँ थीं, किन्तु वह उसे नाम से जानता। किसी के बारे में उसके लिए इतनी सूचना होना बहुत बड़ी बात थी। वह अपने (महीनों से पास रहनेवाले) पड़ोसियों के नाम तक न जानता था। यद्यपि कभी-कभी नमस्कार-विनिमय हो जाना अस्वाभाविक न था।

इस तरह बेखबर आदमी किस तरह ज़िन्दा रह सकता है यह बात कुछ लोगों के लिए अरुचि-सूचक, अन्यों के लिए कुतूहल और स्वकीयों के लिए क्षम्य दुर्गुण का विषय था।

वह बरगद के अँधेरे में वैसा ही खड़ा था। साँझ की ओझल होती हुई परछाइयों में वह थकान से भर उठा था कि इतने में उसकी आँखों में एक हँसता हुआ सम्भावित सौम्य-बुद्धिमान् चेहरा घूम गया था।

और वह खुद-ब-खुद बुदबुदा उठा था, 'वही है क्या ? वही ? वही ?'

उस लड़की का नाम-धाम, अता-पता उसे दिया जा सकता था, दोहराया जा सकता था। किन्तु, शायद उसके प्रश्न का वह उत्तर न था।

रात-भर धुआँधार बरसात क़रीबन सुबह पाँच बजे थम गयी थी। इसका, धुँधला प्रकाश, जो बादलों से उतर न पाया था, बहुत ही निर्जीव-सा था। रात-भर चलते रहने का दम भरनेवाले म्युनिसिपैलिटी के कण्डील की सूरत मरी हुई, बुझी हुई थी। गली के चारों ओर बसे घरों की दीवारें इस तरह गीली, म्लान और निर्जीव हो गयी थीं कि मानो उनमें जीवन ही सो गया था।

पूरी गली सुनसान थी। खिलौने बनानेवाले कुमार—कारीगर केशव के पड़ोस का दूधवाला अपना एक पेटेण्ट भजन गुनगुनाता, साफ़ मँजी बालटी हिलाता हुआ निकल गया था।

कुछ प्रकाश और हुआ। गली में पैरों की आहट सुनाई दी। आहटें बढ़ती चलीं। कुछ घरों में से बच्चों के रोने की आवाज़ आयी। किसी की नींद टूटी। कोई नींद टूटने पर मुँह को गिलाफ़ में और भी ज़्यादा ढककर सो गया।

कोई किसी फ़िक्र की बेचैनी से उठ बैठा और बावजूद अधसोयी नींद के, आगे की तैयारी करने लगा।

एक आकृति ने दरवाज़ा खोला, धीरे-से जिससे अन्दर सोनेवालों की नींद न टूटे और बाहर की ठण्डी हवा न लगे। और फिर सतर्क पदचाप से वह आकृति गली में निकल आयी। हाथ में एक छोटा पीतल का बरतन था।

गली का नुक्कड़, जहाँ दूधवाला बैठता है, अभी ख़ाली था। उस आकृति ने चारों ओर भ्रमित दृष्टि से देखा। दृष्टि ने खोजने की भी चेष्टा की।

वह एक स्त्री की आकृति थी।

अस्त-व्यस्त बाल और उतना ही अस्त-व्यस्त स्वास्थ्य। एकदम बीमार और बेचैन छाया थी वह। आँखों के आसपास मरे हुए निर्जीव काले वर्तुल। और शरीर पर वह मोटा होने पर भी रक्तहीनता की निर्जीव श्यामला थी। मैली, फटी हुई मरदानी धोती पहने थी वह।

अपने इस पूरे साज में वह अत्यन्त नगण्य, तुच्छ मनुष्य की निराकारता हो सकती थी। किन्तु उसके चेहरे की सजीव सुघड़ नाक और छोटे-छोटे सुन्दर कान और अपने परेशानी के बावजूद उसकी तरल आँखें यह बता देती थीं कि 'यह इमारत बुलन्द थी।' कुछ लोगों को तो वह इस समय भी अपनी बेचैन गम्भीर, आघातशील और सोद्देश्य दिखाई दे सकती थी।

निराश-सी होकर वह लौट गयी। आँखों पर ज़्यादा ज़ोर हो जाने के कारण उसकी नसें दुख-सी रही थीं। अबूझ थकान से पैर भी सीधे नहीं पड़ रहे थे।

दरवाज़े को उसने खोल दिया। लोग अन्दर सो रहे थे। इसकी उसने ज़रा भी परवा न की। अबूझ क्रोध से वह भर गयी। परेशानी जितनी बढ़ती गयी, वह क्रुद्ध होती चली गयी—अपने पति पर, बच्चों पर, भाग्य पर।

एक क्षण पहले जब वह गली के नुक्कड़ पर खड़ी, खोज-भरी दृष्टि चारों ओर गड़ा रही थी, उसके मन में प्रार्थनाएँ चल रही थीं। उसे क्या कहना चाहिए, इसका लगातार रिहर्सल चल रहा था। पहले वह गिड़गिड़ाकर, आँखों में दर्द भरकर, अपनी परिस्थिति का संक्षिप्त वर्णन कर उसका मन जीत लेगी और फिर चार दिन बाद पैसे देने का सन्दिग्ध वादा करेगी। कठिनाई तो रहेगी ही। पर सुबह का संकट टल जाएगा (और शायद, शाम तक कुछ-न-कुछ व्यवस्था हो जाए) किन्तु जितनी बार प्रार्थनाएँ दोहरायी गयीं, वह उतनी ही निस्सहाय अनुभव करती गयी—और उद्विग्न होती गयी।

किसी को भी नुक्कड़ पर न पाकर लौट आयी थी। घर के लोगों को उसने झकझोरकर उठा दिया। सिगड़ी सुलगा दी। इस अनावश्यक जल्दबाज़ी के कारण पति के नाराज़ शब्द गूँजे। उन्हें सुनकर वह और भी जल उठी। घर के सारे संकट की जड़ 'इनकी' बेफ़िक्री और आलस ही है।

पति ने रात को पत्नी को यह कहकर डरा दिया था कि कल ऑफ़िस की जाँच

होनेवाली है और उसे पिछड़ा हुआ काम पूरा कर डालने के लिए सुबह ही निकल जाना चाहिए नहीं तो शायद नौकरी पर आघात हो जाए। ऑफ़िस में झगड़े चल रहे थे जिनके पति द्वारा होनेवाले थोड़े-बहुत ज़िक्र से ही वह चंचल हो उठती थी।

किन्तु पति महाराज उठने का नाम नहीं ले रहे थे। और नाराजगी ज़ाहिर की जा रही थी।

यदि वह इतनी सूख गयी न होती तो उसके छोटे-से तुनुकमिज़ाज चेहरे पर किसी को प्यार आ जाता, किन्तु ग़रीबी, अभाव और अस्वास्थ्य के सम्मिलित योग से उसका शरीर एक विद्रूप छाया-दृश्य हो गया था कि आज के उसके चिड़चिड़ेपन को देख पति को भी क्रोध आ गया। अपनी संकटापन्न गिरस्ती की प्रतीक यह गृहिणी न स्वयं सुखी होगी और न किसी को सुख दे सकेगी। उसका म्लान, निस्तेज रक्तहीन साँवला चेहरा मात्र कोप के और कुछ नहीं प्रदान कर सकता। रामलाल स्वयं ऊपर से नीचे तक जल उठा।

रात-भर की बरसात के कारण सुबह भी गीली, धुँधली और मैली थी। निर्जीव था उसका प्रकाश।

वह अन्दर के कोठे में चला गया। वह एक अँधेरा कमरा था, मानो एक बड़ा-सा सन्दूक़ हो। बीच में एक वस्तु पड़ी थी। पैर लगते ही वह टूट गयी। खीझ और झक मारता हुआ वह अन्दर चलता गया। रसोईघर पार करके वह आँगन की मोटी में बैठकर हाथ-मुँह धोने लगा।

बहुत बार ऐसा होता था कि रामलाल देर तक हाथ-मुँह धोता रहता किसी अबूझ तन्द्रा में। वह तन्द्रा नींद न थी। नींद की श्रेणी अथवा शैली थी। कोई कुछ बोलता या सुझाता या बकता चलता था उसके दिमाग़ में; और वह भी इस क़दर धीरे (स्वर में) कि यदि उसका वह स्वयं बौद्धिक रूप से आकलन करना चाहे तो असफल होता, परेशान होता। स्वर में धीमे, किन्तु गति में द्रुत और दीर्घ थी वह बकवास जो दिमाग़ के अन्दर नींद से जागने पर भी, हाथ-मुँह धोते तक बराबर चला करती। उस बकवास का स्वर पहचाना-सा, अर्थ जाना-माना-सा, उसकी मार बड़ी गहरी, किन्तु—सजग होकर भाषा के बन्धन में प्रकट किये जाने की तत्परता के साथ उसका अर्थ काफ़ूर, आशय काफ़ूर। साधारण रूप से यह होता कि मन की ऐसी स्थिति में यदि उसे चाय वक़्त पर न मिलती तो झल्लाहट की सियाह कड़वी लहरें दिमाग़ को पकड़ लेतीं। किन्तु, वह बक-झक न करता। धोती को कमर में कसकर, दो बाल्टियाँ हाथ में लटकाये वह कुएँ पर चल देता। घर की कोठी में बाल्टियों के ऊपर बाल्टियाँ जोशो-खरोश पड़ती हुई देखकर उसकी पत्नी मन-ही-मन मुसकराती, और उसे छेड़ने की गरज से कुछ ऐसे वाक्प्रहार करती कि पति की मुद्रा गम्भीर हो जाती। असल बात यह थी कि पति-पत्नी दोनों अपने तात्कालिक क्रोध को संगृहीत न कर पाते। पत्नी होशियार थी, पति के

स्वभाव को जानती थी। उसके पैंतरे बड़े तिरछे थे। उसके वाक्प्रहारों को सुनकर, दोनों हाथों में बाल्टियाँ पकड़े, पति का अर्धनग्न शरीर और चेहरा झल्ला उठता, और अधिक गम्भीर हो जाता। झल्ला इसलिए उठता कि उसके क्रोध को काफ़ूर करने की यह कूटनीतिक चाल है, यह सोचकर और गम्भीर इसलिए हो उठता कि उसका चेहरा सारी स्थिति की बेवकूफ़ी और स्त्री की चालबाज़ छद्म-व्यंग्यवाली विनोद पद्धति को देखकर हँस न पड़े, कहीं स्वयं ठहाका मारकर हास्य-ध्वनि चहुँ ओर विस्तृत न कर दे।

उदाहरणतया, एक बार जब पति महाराज अपने चिड़चिड़ेपन का इज़हार करते हुए बग़ैर चाय पिये, हाथ में बाल्टी लटकाये कुएँ की ओर चल पड़े और भरी हुई बाल्टियों सहित वापस लौटे तो चूल्हे के पास बच्चों के साथ बातचीत करती हुई स्त्री कह रही थी, "हुँ ऊँ ! तुम्हारे बाबूजी; अब बड़े अफ़सर होंगे; अब जण्डेल होंगे, अपनी कम्पनी खोलेंगे, अपना अखबार निकालेंगे।" बच्चों को समझाते हुए (बच्चों जैसे ही) निष्कलुष सोखभरी वाणी में वह कह रही थी।

जवाब में बड़ा बच्चा अपने पैरों के तलुओं को छूते हुए, तुतलाते हुए कहता, "फिर हमें पैरों में जूता ला देंगे।"

छोटा बच्चा बड़े बच्चे की होड़ करता हुआ कहता, "हमें कमीज़ ला देंगे। हमें कोट ला देंगे।"

तमाशा यह कि बच्चे सिर्फ़ इसी खुशी में नाचने लगते। और स्त्री पति के चेहरे को देख मुसकरा उठती।

रामलाल का दिल करुणा से भर उठता, और उसके दमन के फलस्वरूप चेहरा कठोर हो जाता, यद्यपि वह मात्र ऐसा ढोंग था जो बुद्धू भी पहचान जाता।

उसकी यह स्थिति देखकर, उसके हाथों से बाल्टियों को छुड़ा, पति को चूल्हे के पास बैठा लेती। चाय की प्याली आगे करके पूछती, "नाराज़ क्यों हो ?"

और रामलाल हँस पड़ता। उसके मन में मिठास भर उठती। मन-ही-मन कहता, 'मुझे मिला लेने का अच्छा तरीक़ा है।' जवाब देता, "और तुम क्यों नाराज़ थीं ?"

और फिर वे एक-दूसरे की आँखों में आँखें डालकर परस्पर का चेहरा देखते, और एक-दूसरे को मनाने की मुद्रा में हँस पड़ते।

किन्तु उनकी आँखों में नाराज़गी के कारणों के चित्र उठते। वे पहचान जाते कि एक-दूसरे के प्रति अप्रसन्नता की आड़ में अपनी ज़िन्दगी ही से नाराज़गी छिपी हुई है। उनके जीवन की प्रधान समस्याएँ, जो उनके दिलों को निर्दयतापूर्वक कुचला करती हैं, आँखों के सामने मूर्त हो उठतीं।

चाय खत्म कर पति अपनी स्त्री की पीठ ठपकारकर और हिम्मत दिलाता हुआ उठ खड़ा होता। किन्तु स्त्री जानती है कि उसके दिल को समझाने मात्र के लिए बातें कही जा रही हैं।

वास्तविकता यह थी कि रामलाल अफ़सर नहीं, जण्डेल नहीं, अखबार का मालिक

नहीं, बल्कि एक दरिद्र व्यक्ति हो रहा था। जो एक-एक पैसे के लिए मारा-मारा फिरता रहता है। पति-पत्नी—दोनों के सामने आशा के स्वप्न-चित्र न थे, मूर्त दृश्य आशा के महल। किसी भी तरीक़े से गुज़ारा हो, बीमार को दवा मिले और खाने को रोटी और तन को कपड़ा। उसकी दरिद्रता की ओर उँगली उठानेवाले समाज को बहुत दूर छोड़कर वे दोनों इधर आ बसे थे।

साढ़े चार बजे के बाद रामलाल अग्रवाल घर के लिए बेचैन हो उठता, और घर में बच्चे तथा स्त्री उसके लिए। शाम की चाय घर के लोग अलग पी लेते, किन्तु तभी से रामलाल की प्रतीक्षा का काल शुरू होता था। संघर्ष, ग़रीबी और कष्ट—इन तीनों ने परिवार के सदस्यों को अभिन्न बना दिया था।

कल उसने अपनी स्त्री को गप दे दी थी कि उसे सुबह ऑफ़िस चले जाना है, चूँकि उसे निहायत ज़रूरी काम है। वास्तविक बात यह है कि जिस काम के लिए उसे घर से बाहर निकलना था, वह ऐसा था जिसके लिए काफ़ी मानसिक वीरता तथा एक अर्थ में निर्लज्जता की आवश्यकता थी। वह सरकारी काम न था। किन्तु स्त्री की ओर से समय की पाबन्दी रखवाने की गरज से झूठ का आसरा लेकर उसने अपना इरादा पूरा करना चाहा।

आँख तो उसकी खुल ही गयी थी। पर ज्यों ही जिस काम के लिए निकलने के ख़यालात उसे सताने लगे त्यों ही उसके दिमाग़ में एक अजीब-सी सुस्ती, एक विचित्र प्रकार का अवरोध काम करने लगा।

स्त्री का कुपित चेहरा देख, उसके मन में भय़ानक बेचैनी हो उठी। वही चेहरा जिसे उसकी अभावमयी सन्त्रस्त गिरस्ती का चेहरा कहना चाहिए, अभाव के उस प्रतीक पर वह मन-ही-मन बिगड़ पड़ा, किन्तु समय कम रहने से, अपने-आप को संयमित कर वह दूध लाने निकल गया और बग़ैर चाय का इन्तज़ार किये, वह घर से ही नहीं, मुहल्ले से भी दूर निकल गया।

किन्तु जो रास्ता उसने पकड़ा वह उस दिशा से नहीं जाता था जिस ओर वस्तुतः उसे जाना था। फिर भी वह चलता गया।

उसके पास साइकिल थी। वह बहुत दूर निकल आया। उसने सोचा, सारा दिन उसके पास है, ऑफ़िस में भी छुट्टी है। दिमाग़ में जो कुछ था वह ज़ोर-ज़ोर से घूम रहा था और तब एकाएक उसे खयाल आया—अकस्मात् बिजली-जैसा। पल-भर के लिए उसकी समस्त चेतना वहाँ पर केन्द्रित हो गयी।

किसी तेज़ रोशनी से चमकती हुई वे आँखें—मानो किसी पागल की हों। फिर भी वे सचेत थीं अपनी हताशा में सम्मिलित प्रतिरोध से भरी हुई सम्पूर्ण निरपेक्ष, किन्तु किसी को उसके कर्तव्य का भान कराती हुई निराश और किसी अमूर्त (यानी तुरत समझ में न आ सकनेवाले कि क्यों ऐसा है) क्रोध और क्षोभ में जलती हुई।

पीले, कृश, सुघड़ चेहरे की वे आँखें रामलाल के अन्तःकरण में गड़ी जा रही थीं। मानो किन्हीं तेज़ किरणों की वे लम्बी आलपिनें हों। उनकी यह दृढ़ एकाग्र निरन्तर दृष्टि हृदय को आह्लाद देनेवाली न थी। चेतना की गहरी तटों को ज़बरदस्ती झकझोर, विचारों और वेदनाओं की भयानक स्थिति उत्पन्न कर वे तमोलीन गहराई में से एक केन्द्रीय सत्य का उद्‌घाटन करती थीं, जो रामलाल के लाख प्रयत्नों के बावजूद छिप न सका। आँखों की तेज़ रोशनी के एक पल के भीतर ही रामलाल कई बार जन्मा और कई बार मर गया, उसके कई पुनर्जन्म हुए।

रामलाल के जीवन की पूरी कहानी उसके स्वीकृत-अस्वीकृत, उद्‌घाटित-अनुद्‌घाटित अपराधों की तथा-कथा और यथा-कथा आँखों के सामने से विद्युत् की गति तथा प्रकाश का रूप और वेग लेकर सरक गयी। अनेक केन्द्रीय सत्य उड़ते हुए नील स्फुलिंगों से—अपनी उद्वेगजनक आभा बिखराते हुए विलीन हो गये। और उन निगाहों की तेज़ नोक रामलाल की अन्तश्चेतना की गहराई तक घुस गयी, उसने बहुत बड़ा घाव कर दिया, यद्यपि रामलाल उसके चिरस्थायी वेदनापूर्ण स्वरूप को उस समय पहचान न पाया।

साइकिल से वह तुरत उतर पड़ा, और उसको लगा, जैसे उसका कुछ खो गया हो, मानो उसके पास दस रुपये का नोट था जो अब नहीं रहा। किसी ने उसको उड़ा लिया। किसी ने शायद, उसकी जेब कतर ली। और वह सचमुच अपनी जेबों को टटोलने लगा कि शायद उसमें उसे दस का नोट प्राप्त हो जाए। तमाशा यह कि यह सब करते हुए भी उसका सचेत मन कह रहा था कि क्या तमाशा कर रहे हो। तुम्हारा कुछ खोया नहीं है। दस रुपये तुम्हारी जेब में हो ही कैसे सकते हैं। एक आना भी तुम्हारी जेब में है ? वाह रे पागलपन ! किन्तु अपने मन के इस स्वर की उपेक्षा करता हुआ मन अस्वास्थ्य के गहन दुख का स्वाद कर लेने में तन्मय था। वह अपनी जेबों की खानातलाशी लेने में मशगूल था।

अकस्मात् उसने अपनी जेब के कोने में से एक चवन्नी और एक आना बरामद किया, और वह खुश हो गया। उन पैसों के प्रतिकारात्मक रूप से उसे सन्तोष दिला दिया कुछ पलों के लिए। यह सोचता हुआ कि उसके दिमाग़ में जो अभी-अभी विप्लव हुआ है उसके मूल सार-सूत्रों को वह पकड़ ले और फिर अपने काम पर आगे बढ़े। वह एक समीपस्थ कैफ़े में घुस गया। उसके एकान्त कोने में रखे हुए कुरसी-टेबल की तरफ़ वह आकर्षित हुआ। और तुरत उस पर अधिकार कर लिया।

आधुनिक सुविधाओं से सज्जित यह कैफ़े विशेष आकर्षक नहीं था किन्तु उसका विशाल हाल, जिसमें टेबल-कुरसियाँ लगी हुई थीं, हवा और प्रकाश का मुक्त प्रांगण बना हुआ था। रामलाल का घर जहाँ न प्रकाश था, न हवा, उससे विरोधपूर्ण कैफ़े की स्थिति के कारण उसे वह अच्छा लगता था। उसके एक कोने में बैठकर वह विचार कर सकता था। मन की उद्वेगपूर्ण स्थिति में, वह वहाँ आया, बशर्ते कि जेब में कुछ

रहे। उसके मित्रों में कोई भी नहीं जानता था कि रामलाल अग्रवाल कभी-कभी यहाँ भी दिखाई देता है।

ज्यों ही वह कुरसी पर बैठा उसने फिर उसी चेहरे को अपने मन में विराजित मूर्त करने की कोशिश की। चित्र मन में उभरा किन्तु उसके रंग अब फीके पड़ गये थे। उसने जेब से एक मैला काग़ज़ और पेंसिल निकाली और कुछ नोट करने लग गया।

ब्वॉय कॉफ़ी की ट्रे रखकर चला गया था। कप तैयार कर एक घूँट वह पीता जाता था और लिखित पंक्ति को पढ़ता जाता था। पढ़ चुकने के बाद उसने वह काग़ज़ जेब में रख लिया और बुदबुदाया, 'आज शाम तक व्यवस्था हो ही जानी चाहिए।'

किन्तु इस सम्भावना की असम्भावना का खयाल आते ही उसके हृदय में एक टीस उठी। मानो किसी ने उसके दिल में खंजर भोंक दिया हो। जी धँस गया। और उसके शरीर की सारी शक्ति और मन का बल लुप्त हो गया। और पैरों की नसों में एक विचित्र प्रकार की ठण्डी ऐंठन शुरू हो गयी, कुछ क्षणों तक क़ायम रही।

कुछ पलों बाद बिजली की चमक-सा एक चित्र उसके दिमाग़ में कौंध गया। उसने उसके बारे में तो विचार ही नहीं किया था। वह अवश्य देगा। किन्तु कैसे देगा ? दे तो वह सकता है किन्तु...। माँगे कैसे ? उसे कैसे समझाया जाए !! यही तो समस्या है।

यह सोच लेने के बाद रामलाल फिर अपने पूर्व-विचार पर आ गया। जिस व्यक्ति के पास जाने के लिए वह घर से निकला था, उसी ओर संक्रमण करना चाहिए, यही उसने निर्णय किया। उसे पल भर के लिए सन्तोष हुआ, जो काफ़ूर हो गया इस खयाल के आते ही कि शायद वह व्यक्ति घर पर न हो अथवा गाँव चला गया हो।

वह कुरसी से उठ खड़ा होने को ही था कि उसकी निगाह दूसरे टेबल पर पड़े एक अखबार पर गयी। उसके नीचे एक दूसरा अखबार भी था। यद्यपि उसे देर हो रही थी, मोह संवरण न कर सका, और उसने अखबार को उठा लिया।

पन्ने पलटते-पलटते वह एक समाचार पर ठिठका। मध्य प्रदेश के किसी क़सबे के एक ग्रामीण शिक्षक ने आत्महत्या कर ली। रेल के नीचे वह कट गया। जेब में एक पुरज़ा पाया गया। जिसमें लिखा था कि चालीस रुपये महावार तनख़्वाह और पाँच रुपये महँगाई। कुल रुपये पैंतालीस में गुज़र-बसर करना असम्भव है। घर में बीमारी और बड़ा परिवार। 'ज़माने से तंग और दुनिया से हिरास, दिल से शिकस्त और तिशना काम में एक टीचर अपने प्यारे परिवार का उदर-भरण करने में असमर्थ हूँ। पैंतालीस रुपये में पेट और घरवालों की सेहतें नहीं पाल सकता। नामुराद और नाक़ामयाब मैं टीचर खुदकुशी कर रहा हूँ।'

यह खबर मोटे-मोटे हर्फ़ों में 'ब्लिट्ज़' में उसने पढ़ी। यह भी पढ़ा कि जगह-जगह सभाएँ हो रही हैं। टीचर देशपाण्डे की स्मृति को अमर बनाने के लिए नौजवानों ने

ग़रीब शिक्षक के सवाल पर आन्दोलन छेड़ दिया है। जिन-जिन शहरों, क़सबों और गाँवों में सभाएँ हो रही थीं उनके संक्षिप्त समाचार एक के नीचे एक दिये गये थे। जन-सेवी उग्र राजनीतिक पार्टियों और स्वतन्त्र मतवादी कार्यकर्ताओं ने इस सवाल को अपने हाथों में लिया। सभाओं में सरकार की आलोचना की गयी और प्राथमिक शिक्षक संघ से आग्रह किया गया कि वह तुरत प्रान्तव्यापी आन्दोलन छेड़ दे। किन्तु शिक्षक संघ के इस फ़ैसले के लिए रुकने की ज़रूरत नहीं। जहाँ-तहाँ स्थानीय संघर्ष छेड़ दिये जाएँ।

इस अखबार ने बड़े अच्छे ढंग से इस समाचार को छापा था। वह कुछ पुराना होने पर भी, रामलाल को बिलकुल नया लगा। उसको पढ़ते-पढ़ते उसे भी जोश आ गया। उसके दिल की सारी नाउम्मीदी एक विश्व-व्यापी अंगार में सम्पादित होकर उसके दिल को गरमी और आत्मा को किरण प्रदान करने लगी। बीमार को जैसे सेहत प्राप्त होती है, भूखे को जैसे अन्न मिल जाता है, निस्सहाय को जैसे कोई उद्धारक अभिन्न-हृदय मित्र के दर्शन होते हैं—बिलकुल उसी तरह रामलाल को एक सत्य के दर्शन प्राप्त हुए, वह सत्य जिसका वह स्वयं एक अंग है। रामलाल ने अपनेआपको प्राप्त कर लिया, अपनेआपको खोज लिया।

क्या रामलाल स्वयं टीचर देशपाण्डे नहीं है, जो रेल के नीचे कटकर मर गया ! क्या उसने कभी नहीं सोचा था कि अपनी उलझनों की दुनिया से फ़रार होने के लिए निश्चय कर डाले ! पर हाँ, उसमें और देशपाण्डे में एक फ़र्क़ था। ग्रामीण शिक्षक मामूली मैट्रिक पास था इसलिए उसे कट मरने की सूझी। रामलाल ग्रेजुएट है, उसने (अपनी कल्पना में) एक रिवाल्वर पाया—भरा हुआ रिवाल्वर। उसने अपनी स्त्री पर दो फ़ायर किये। एक-एक फ़ायर से दोनों को खत्म किया। काम खत्म, पैसा हज़म। खुद खत्म हुए, दुनिया खत्म हुई। उसकी लाचार बेबस ग़रीबी, ज़िन्दगी पर दया दिखानेवाले माँ-बाप, भाई-बहन और रिश्तेदारों की दया के भाव, उस व्यवस्था, उस पद्धति के खिलाफ़ घृणा—ज्वलन्त विषाक्त घृणा के रूप में बदल गये। पर शायद रामलाल को देशपाण्डे से ज़िन्दा रहने का ज़्यादा मौक़ा था, इसलिए वह अब तक जीवित रह सका। तो क्या हुआ ! देशपाण्डे और उसकी श्रेणी एक ही है।

रामलाल स्वयं देशपाण्डे है, और बिलखता परिवार भी है जो आज किसी गाँव में—दूर किसी गाँव में ज़िन्दगी की सियाह चट्टानों पर बीज बोने की पागल कोशिश कर रहा है। रामलाल वह बेचैन नौजवान भी है जिसने देशपाण्डे की खुदकुशी की खबर सुन, इन्क़लाब की आग लगाने की हिम्मत और जुर्रत की और गिरफ़्तार हुआ। रामलाल वह सभाएँ, वे जलसे, पोलिटिकल डिमांस्ट्रेशन भी है जो देशपाण्डे और उसके परिवार के लिए आग के शोलों की मानिन्द भड़क उठे। किन्तु सबसे खूबसूरत रामलाल की वह सूरत है वह शक्ल है जो एक टीचर की होती है। बाल बढ़े हुए, पीले चेहरे पर थकान और संयम का सौन्दर्य। छोटे-छोटे ग़रीब, फटेहाल, बच्चों के दिलो-दिमाग़ में

ज्ञान का एक-एक कण, एक-एक बीज डालने में प्रवीण, स्नेह-विश्वास-सादगी की मूरत, वह झुलसा हुआ पर मुस्तकिल दिमाग़, फटेहाल पर गम्भीर, लाचार पर दृढ़, ग़रीब पर इस्योअमल का बहुत बड़ा पैग़म्बर वह मामूली टीचर, वह दिमाग़ी मज़दूर। समाज में जिसकी कोई वक़त नहीं, बनिया जिसे हिकारत की नज़र से देखता है, अफ़सर जिसे तुच्छ समझता है, प्रोफ़ेसर जिसे दयनीय मानता है, सरकार जिसे कीड़ा समझती है और जिससे इकतरफ़ा बलिदान माँगा करती है, वह ग्रामीण शिक्षक ! रामलाल ने अपनी सूरत अपने दिल में देख ली।

इन सारे भावों को उसके हृदय में आने और अन्तःकरण में निमग्न होने में तीन मिनट से भी ज़्यादा समय न लगा होगा कि उसने पाया—सामने की टेबल पर एक परिचित सूरत दीख रही है। किन्तु अपने भावों की गरमी अभी गयी नहीं थी। उसे दूसरों की ओर झाँकने की अभी फ़ुरसत कहाँ ? वह तो अभी सोच रहा है।

रामलाल ने बौद्धिक रूप से भी कुछ निष्कर्ष निकाले। एक तो यह कि वह स्वयं विशाल भव्य उपन्यास हो सकता है और उसका अंगभूत एक पात्र भी। पर अभी वह कुछ नहीं। पर उसे होना चाहिए। नवीन शक्तियों की ऊष्मा उसमें ज़रूरत से ज़्यादा हो सकती है और एकाएक भड़क सकती है, पर अभी तक वह अपने-आपको उससे बचाता आ रहा है...पर कब तलक ? उसे उलझ ही जाना चाहिए। यही धर्म है।

उसने सिर ऊँचा कर कैफ़े के हाल के चारों ओर नज़र दौड़ायी। पर पास की सूरत एकदम दिखाई न दी, किन्तु एक पल के अन्दर हाल का रिव्यू समाप्त करने के बाद उसपर नज़र ठिठकी।

चेहरे पर परिचय की मुसकराहट थी। वह मुसकराहट जो कुछ कहना चाहने के पहले ओठों पर खिंच उठती है।

रामलाल के मुँह से फिसल गया, "कहिए, आप इधर कैसे ?"

"क्यों, मैं तो अकसर आती हूँ यहाँ।"

"सदर में रहती हैं क्या आप ?"

"नहीं, जब मार्निंग शो देखना होता है तब इधर भी..."

रामलाल को खयाल आया कि हाँ, लोग छुट्टी के दिन सुबह का शो देखने आया करते हैं। कला-प्रेमी शिक्षा-प्राप्त नागरिक समुदाय इधर झुक जाया करता है। पर रामलाल क्यों इधर आया करता है ? पैसे की तलाश में निकला तो इधर भटक पड़ा। लाहौल बिलाकूवत।

अपने अभाव के बोध से उसके हृदय में एक टीस उठी। वह अस्थिर हो गया। लड़की उससे कुछ नये प्रश्न-उत्तर यानी बात की अपेक्षा करती हुई नीचे गरदन डाले थी।

रामलाल ने ऊँची निगाह कर उसकी ओर देखा और लड़की ने उसकी ओर। पर वह कोरी और सूनी दृष्टि थी। परिचय की मुसकान के बाद सहज संकोच ने अपरिचय

का जामा पहन लिया।

बहाने से रामलाल ने दूसरे अखबार भी उठा लिये। पर यह सोचता गया, 'कभी-कभी यह भी होता है। एक-दूसरे से बिलकुल अपरिचित रहते हुए भी लोग अपनी सारी अपरिचयता को यथास्थान सुरक्षित रखकर मात्र बातचीत करने के लिए कुछ बोल उठते हैं, उसी का यह उदाहरण है।'

किन्तु उस लड़की की सूरत मन में दो पल के लिए रँग गयी। सबकुछ व्यवस्थाबद्ध, चुस्त-दुरुस्त। पोशाक बिलकुल सादी, यहाँ तक कि कपड़े की राशन दुकान से मिली हुई कत्थई किनारे की मोटी साड़ी और सफ़ेद झम्पर। किन्तु पहनने का तरीक़ा ऐसा कि आँखों में भर उठे।

वह लड़की अपनी जगह से उठी और चुपचाप एक अखबार फ़िल्म-पेज रामलाल की ओर सिखकाते हुए बोली, ''यह उसकी आलोचना। 'मोशिये वेर्दू' है आज मेट्रो में।''

इतने में दो सज्जन कैफ़े में घुसे। वे उस लड़की के पास आये, और मराठी में कुछ बोले जिसे रामलाल ठीक-ठीक न समझ सका। वे लौट गये। रामलाल ने सोचा, शायद सिगरेट-विगरेट लेने के लिए गये होंगे।

रामलाल ने आलोचना सरसरी तौर पर पढ़ ली और जो पहली चीज़ उसे लगी वह यह कि उन दोनों में कई बातें एक हैं। खुश होकर मुसकराता हुआ वह उस लड़की की ओर देखने लगा तो उसकी नज़र सहसा उसके गले में पड़ी सोने की माला पर गयी।

''ये जो दो सज्जन आये थे, आपके कौन हैं ?''

''मेरे पिताजी और दूसरे मेरे मामा होते हैं।''

''पिताजी क्या करते हैं ?''

''वकालत, जो चलती नहीं।''

रामलाल ने कुतूहल से सिर्फ़ गरदन हिला दी।

लड़की कहती गयी, ''इसलिए मुझे नौकरी करनी पड़ी। उन्होंने मुझे पढ़ाया, अब मेरी बारी है दो छोटे भाइयों को पढ़ाने की।''

इतने में बाहर गये दो सज्जन लौट आये और लड़की उनसे बातें करने लगी। कॉफ़ी की ट्रे भी आ गयी थी।

रामलाल फिर अकेला पड़ गया। उसके मन में लड़की की सोने की माला चमकने लगी। वैसी माला अगर आज उसके पास होती तो उसकी कई कठिनाइयाँ दूर हो जातीं। किन्तु जब रामलाल अग्रवाल ने होश सँभाला तो उस महाराष्ट्रीय लड़की से कहीं ज़्यादा सोना उसके पास था। किन्तु आज कुछ भी नहीं। कठिनाइयों ने न सिर्फ़ सोना खा डाला बल्कि शरीर को भी झुलसा दिया। उसे कमज़ोरी और रोग का घर बना दिया। तनख़्वाह की बड़ी रक़म डॉक्टरों के पास जाने लगी और क़र्ज़ का पहाड़

ऊँचा होता चला। चिन्ता का धुआँ दिलो-दिमाग़ में हमेशा के लिए भर उठा और आत्मा की लौ धुआँने लगी। जीवन में जीवन की अभिरुचि जाती रही। चलती का नाम गाड़ी है। किसी तरह ज़िन्दगी चले, इसकी फ़िक्र सवार रहने लगी।

रामलाल की बहू सावित्री जब विवाहित होकर आयी थी तो उसका रूप ही कुछ और था। एकदम स्वस्थ और आकर्षक। स्वास्थ्य ऐसा कि जो किसी वृक्ष का स्वास्थ्य होता है। जिसमें बड़ी शक्ति और बहुत आत्मसामर्थ्य स्वाभाविक रहता है। शाख के या धड़ के कट जाने के बावजूद जो विकसित और संवर्धित होता रहता है। ऐसा था स्वास्थ्य रामलाल की बहू का। किन्तु आज आठ साल बाद, वह एक ऐसा खोखला घर हो गयी जिसे ज़रा-सी आँधी का हलका-सा थप्पड़ ढहा सकता है।

रामलाल के मन में अपनी पत्नी का चेहरा उभर आया और तुरत ही उस रूप में परिवर्तित हो गया जब साइकिल पर बैठे हुए इधर आते समय उसकी कल्पना में विराजित हुआ था। उसका जी धँस गया। वह चेहरा एक कर्तव्य की ओर इशारा कर रहा था—वह कर्तव्य जिसका फल हो न हो।

एक चिन्ता एक घोर फ़िक्र का केंकड़ा उसके दिमाग़ की दीवारों पर अपने आठों पाँवों से रेंगने लगा। और उसके दिमाग़ में एक वह खयाल आया—एक ऐसा खयाल सियाह शक्ल को न देखने की कोशिश में था कि इतने में...

"सुना, आपने—इन्दौर में मज़दूरों पर गोली चल गयी।"

रामलाल अपनी वैचारिक तन्द्रा में से जाग उठा। वह ग़ैर किसी औपचारिक परिचय, 'नमस्ते' आदि क्रियाकलापों के लड़की के पिता का उससे बात करना रामलाल के लिए थोड़ा आश्चर्यकारी सिद्ध हुआ। किन्तु उनके सौजन्य प्रतीति के कारण अपना विस्मय प्रकट न करते हुए उसके मुँह से यह उद्गार फिसल पड़ा। "ऐसा ! जो हो जाए सो थोड़ा...ज़माना बड़ा नाज़ुक है।"

लड़की के पिता ने, रामलाल का बुज़ुर्गाना जवाब सुनकर, बड़े ग़ौर से उसकी तरफ़ देखा। उनकी सूरत उसके प्रति हलके विस्मय और ध्यान के भाव से इस तरह फैल और सिकुड़ गयी कि, रामलाल उनके भाव को ताड़कर एकबारगी हतबुद्धि हो उठा। फिर भी, अपने-आपको सँभालकर वह कुछ कहने ही वाला था कि पिताजी बोल पड़े, "मुझे कहना चाहिए था कि ज़माना नाज़ुक है...पर वह, दरअसल, इतना नाज़ुक नहीं जितना आप सोचते हैं। ज़माना जो है और जो आ रहा है वह सख़्त है, सख़्त है।"

रामलाल कुछ कहने के लिए कह गया, "निहायत सख़्त..."

"...और वह सख़्त क़दम, सख़्त आदमी, सख़्त संगठन पसन्द करता है..." मूँछों में मुसकराते हुए उन्होंने कहा।

रामलाल ने सोचा, यह उस पर चोट है। पर, अदब के मारे जवाब न दे पाया। उसने कहा, "घटना कब की है ?"

"कल की।"

पिताजी, जिस ढंग से बात किये जा रहे थे उससे ज़ाहिर था कि न सिर्फ़ उन्हें राजनीति में दिलचस्पी है वरन् एक जनवादी दृष्टिकोण भी रखते हैं। बातचीत, बहस-मुबाहिसा के शौक़ीन तो हैं ही, साथ ही उन्हें दिल और दिमाग़ भी है। उस व्यक्ति ने रामलाल को अपनी ग़ैर-रस्मी बेतकल्लुफ़ बातचीत से प्रभावित किया ही, मित्र-भाव से उसका आह्वान भी किया। फिर भी, रामलाल ने सोचा, उनको अपनी बुज़ुर्गी का खयाल कर उसे लौंडा ही समझता था। उसे आवश्यकता से अधिक प्रतिष्ठा और सम्मान दिया। रामलाल को यह सचमुच खटक गया।

"आप क्या समझते हैं ? काँग्रेसी हुकूमत चन्द दिनों की है। ऐसे ज़ुल्म धक नहीं सकते। अँगरेज़ों के ज़माने में इससे ज़्यादा आज़ादी थी। मानते हैं या नहीं आप। गोली चलाना तो एक खेल हो गया है, पुलिसवालों के लिए..."

इतने में एक सज्जन खादी का कोट-पैण्ट पहने हुए इसी ओर आते हुए दिखाई दिये। और सीधे पिताजी की बग़लवाली कुरसी पर बैठ गये। वह गोरा, हजामत किये साफ़ चमकदार चेहरे का युवक था। मुख पर प्रतिभा, महत्त्व और अहंकार की आभा झाँक मारती थी।

उसे बग़ल में बैठे देखकर पिताजी ने उसे इस तरह पूछा मानो उसे डाँट रहे हों। "क्यों, ठीक है न ?"

नवागन्तुक ने व्यंग्यपूर्ण विस्मित किया जिसकी परवा न कर, लड़की के पिता बारी-बारी से दोनों की ओर देखते हुए बोले, "अब तो आ रहा है कम्युनिज़्म, कम्युनिज़्म !!"

उनके चेहरे पर ऐतिहासिक भवितव्य की आस्था और उसके ज्ञान-गर्व का लौ उठ रहा था।

नवागन्तुक और लड़की के पिता में बहस छिड़ती हुई देख रामलाल ने अपने अकेलेपन को सँवारते हुए अपने को सँवारना चाहा। नवागन्तुक के आगमन की घटना ने उसके मन में एक विचार को जाग्रत् किया, उस विचार ने दूसरे विचार को, दूसरे विचार ने तीसरे विचार को। इस तरह एक धारा चल पड़ी। इस मानसिक आवेग पर एक साँवली परछाईं पड़ी हुई थी, उसी सियाह शकल की जिसको भुलाने की कोशिश रामलाल ने की थी। पिताजी से बातचीत के दौरान में वह छाँह सिर्फ़ एक ओर हट गयी थी, किसी कोने में घनीभूत होकर खड़ी हो गयी थी। किन्तु, अकेलापन मिलते ही, उसकी साँवली परछाईं प्रत्येक भाव और विचार पर पड़ने लगी।

साँवली परछाईं पड़े इस विचार भावावेग को धक्का देनेवाला वाक्य था वह, "अब तो आ रहा है कम्युनिज़्म, कम्युनिज़्म !"

उस वाक्य ने रामलाल के भावों को और भी जटिल, तीव्र और वेदनापूर्ण बना दिया। अब कैफ़े की स्थिति उसे असह्य मालमू होने लगी। उसे लगा, वह वहाँ से उठ

पड़े। साथ ही पिताजी का क्षोभ भरा वाक्य सुनाई पड़ा, "ग्वालियर में क्या किया ?"

"वह किया जो होना नहीं चाहिए था।" बड़ी संजीदगी के साथ नवागन्तुक ने जवाब दिया।

"लेकिन इसकी ज़िम्मेदारी किस पर है" ...उत्तेजित होकर पिताजी ने पूछा।

उन्हें समझाते हुए नवागन्तुक ने जवाब दिया, "सरकार पर, जनता पर, शासन-तन्त्र पर, समाज पर, हम सब पर।"

पिताजी पकड़ में आ रहे थे। एक दूसरा तर्क दिया जा रहा था। लड़की ने अधीर होकर कहा, "मुख्य रूप से किस पर ? जनता पर या समाज पर ?"

निस्संकोच रूप से नवागन्तुक ने जवाब दिया, "जनता पर।"

इस उत्तर की किसी को अपेक्षा न थी। उनको हतबुद्धि होते देखकर उसने क़ैफ़ियत पेश की, "सवाल यह है कि हम लोग अभी जनतान्त्रिक उपायों से अनभिज्ञ हैं। जनतन्त्र के सिद्धान्त समझते हुए भी हमारी आदतें ऐसी कि सरकार को शक्ति का उपयोग करना पड़ता है। हममें जनतान्त्रिक शक्ति की कमी है। क्या कारण है कि फ्रांस, इंगलैण्ड, अमरीका आदि देशों में इस तरह के दृश्य दिखाई नहीं देते। क्योंकि वे जानते हैं कि काम किस तरह करना चाहिए।"

...फिर हमारी आज़ादी को तीन ही तो साल हुए हैं...

पिताजी ने क्षोभ और घृणा से उसकी ओर देखते हुए कहा, "हमारे शासक भी जनतन्त्र का उपयोग करते हैं, जन-नेता बने फिरते हैं। गुण्डा ऐक्ट कहाँ-कहाँ किस-किस पर लगाया गया है, जानते हैं आप ! विरोधी पार्टियों के नेताओं और कार्यकर्ताओं पर ही नहीं, पुराने काँग्रेसी कार्यकर्ताओं पर भी जो सत्ताधारी दल के खिलाफ बोलते और कार्य करते थे...उन पर भी लगाया गया है। अजी, मेरा भतीजा कब से गुण्डा हुआ, आज उसे पन्द्रह साल हो गये काँग्रेस का काम करते-करते, कभी वह गुण्डा नहीं हुआ, और एकाएक काँग्रेस पंचायत के चुनाव के मौक़े पर गुण्डा ऐक्ट के मातहत वह गिरफ़्तार ! वाह रे, जनतन्त्र !"

"विद्यार्थी अपनी आवाज़ उठाएँ, मज़दूर और किसान माँगें बुलन्द करें तो गोलियों की बौछार !" लड़की ने भी अपनी प्रतिभा बताने की कोशिश की। "काला बाज़ार होता है तो जनता का गुनाह है, बनिये का नहीं। रिश्वतखोरी होती है तो जनता का गुनाह है। गोया हमारे नेता और नौकरशाही दूध के धोये हैं।"

मामा साहब को भी जोश आ गया, बोले, "मुझे बताइए ! इन्दौर के मज़दूरों पर, जब वे अपनी माँगों को लेकर मिल मैनेजर के ऑफ़िस के सामने प्रदर्शन कर रहे थे, गोली चलाने की क्या ज़रूरत पड़ गयी। वैसे ही, ग्वालियर के विद्यार्थियों पर—अजी ! ग्वालियर में दोबारा गोली चली उन्हीं विद्यार्थियों पर, जब वे सड़क पर डिमांस्ट्रेशन कर रहे थे। और मध्य भारत सरकार ने प्रेस-कम्यूनिक निकाला। एक शर्मनाक विज्ञप्ति थी वह। साहब, अखबारों ने उस प्रेस-कम्यूनिक की ऐसी धज्जियाँ उड़ायीं !"

लड़की ने जोड़ा, " 'नवभारत टाइम्स' ने तो अपने प्रधान वक्तव्य में उसकी खूब खबर ली।"

मामा साहब ने उत्साह से कहा, "अजी, ब्लिट्ज़ ने भी ऐसी खबर ली है ! और अभी तो ख़्वाजा अहमद अब्बास का 'लास्ट पेज' आने को है !" और उन्होंने मुसकराकर नवागन्तुक की ओर देखा।

किन्तु नवागन्तुक के चेहरे पर लज्जा अथवा संकोच का बोध न था। उसने हँसते हुए कहा, "अरे, मुझे कॉफ़ी पिलाओ !! अब्बास कम्युनिस्ट है !" वह खतरनाक अभियोग सुनकर तीनों बोल पड़े—"तो हम सब लोग कम्युनिस्ट हैं ! माफ़ करना, माधवप्रसाद !"

माधवप्रसाद बोले, "कॉफ़ी आ गयी, पर वह कम्युनिस्ट नहीं है, कॉमन फ़ॉर्म कम्युनिस्ट !"

"वे लोग और भी खतरनाक होते हैं ! आपके के लिए तो खास तौर पर" मामा साहब ने धमकी दी।

"मैं जानता हूँ कि फाँसी पर लटका देंगे मुझे वे !!" माधवप्रसाद ने कहा।

रामलाल बीच में टपक पड़ा, "नमस्ते, माधवप्रसाद जी !"

"नमस्ते, भाई, नमस्ते ! तुम यहाँ कहाँ ! कॉफ़ी पीओ !! ऐ ब्वॉय, कॉफ़ी लाओ। बहुत दिनों में दिखाई दिये, यार ! (लड़की के पिता की ओर उन्मुख होकर) साहब, यह मेरा छुटपन का साथी है—लँगोटिया यार। इसने आज से पन्द्रह साल पहले मुझसे 'लेस मिज़रेबिल्स', 'काउण्ट ऑफ़ मॉत्टेक्रिस्टो' और 'हंच बैंक ऑफ़ नोत्रदाम' उठा ले गया सो आज ये अब तक लौटाने आ रहा है। पन्द्रह साल के दरमियान जब-जब ये मिलता रहा, मैंने याद दिलायी, और यह हमेशा वचन देता रहा पर (हाथ के इशारे से) भूल गया। क्यों बे !" माधवप्रसाद ने प्यार से कहा।

सब लोग रामलाल सहित हँस पड़े।

रामलाल ने हर्ष से उत्फुल्ल होकर कहा, "और इससे पूछिए, मेरी ये कितनी किताबें ले गया और बेचकर खा गया। मैंने इस बारे में जब इसके घर पर शिकायत की तो वह पिटाई हुई थी कि उसके दाग़ अभी भी पीठ पर हैं। बताओ तो पीठ खोलकर, बताओ !"

"हमारी इतनी बेइज़्ज़ती नहीं कर सकते जनाब आप !"

"तो क्या कर लोगे ! नौकरी से निकलवा दोगे, और क्या !"

माधवप्रसाद ने दुखी हो पड़ने का नाट्य किया। चेहरा कुछ लाल और गम्भीर बनाकर निगाहें उसकी ओर टिका दीं। और धीरे से धीमे स्वर में कहा, "ऐसी इच्छा होती तो न मालूम कब का तुम्हें निकलवा देता। पर कुछ सोचकर ही रह गया।"

रामलाल ने जवाब देना उचित नहीं समझा पर मन में कहा, "सो तो ठीक है, शत्रु को नपुंसक बनाकर रखना भी तो एक करिश्मा है।'

माधवप्रसाद ने कहा, "आप हैं हमारे वयोवृद्ध काँग्रेसी सेवी श्री आत्माराय डबीर एडवोकेट, आप इनके मामा साहब और आप कुमारी डबीर।"

"परिचय हो चुका है !" सन्तोष से गरदन हिलाते हुए रामलाल ने कहा। वह आगे बोला, "तो मैं चलूँ, इजाज़त हो।"

"अच्छा," सबने कहा। माधवप्रसाद ने मज़ाक़िया स्वर में पूछा, "किताबें कब लौटा रहे हो ?"

लड़की ने मुँह फेरकर उसकी ओर मुसकराते हुए अभिवादन किया। और उसकी सोने की माला रामलाल की आँखों में चमक उठी।

रामलाल के ओझल हो जाने पर लड़की के पिता ने सहानुभूति के स्वर में कहा, "बहुत ग़रीब और नेक मालूम होता है" और उन्होंने माधवप्रसाद के मत के हेतु उसकी ओर देखा।

माधवप्रसाद ने एक गहरी उसाँस छोड़ते हुए कहा, "नेक तो खैर है ही," फिर कुछ रुककर आगे कहा, "लेकिन ग़रीब वह जान-बूझकर बना हुआ है।"

"सो कैसे !" लड़की ने उत्सुक होकर पूछा।

"जो आदमी ग़रीब बना रहना चाहता है, उसका कोई इलाज है ? कितनी ही तो नौकरियाँ छोड़ीं उसने—मात्र भावुकतावश। मैंने उसकी कई बार मदद की, पर उसने कभी अपनी हालत नहीं सुधारी। दिमाग़ी फ़ितूर उस पर आज भी सवार है।" उसने अर्थ-भरी मुसकान से तीनों की ओर देखा और कहा, "भाई, अगर रोटी कमाना हो तो उसका तरीक़ा सीखो। दुनिया की फ़िक्र छोड़कर अपनी बढ़ती की चिन्ता करो।"

"मैंने उसे इतने अच्छे-अच्छे काम दिलाये, पर उसने एक भी मन लगाकर नहीं किया..."

इतना कहकर माधवप्रसाद ने तीनों की ओर तृप्तिपूर्ण दृष्टि से देखते हुए आत्म-सन्तोष की साँस ली। किन्तु उसकी बातों में सन्निहित गुप्त व्यंग्य किसी से छिप न सका, जिसका उपसंहार उसने इस तरह किया, "ही इज़ ए नेवर डू वेल।"

(वह एक निकम्मा और दयनीय व्यक्ति है।)

विद्रूप

सभ्यता के पूर्वकाल में मनुष्य जाति क़बीलों में रहा करती थी और सुबह से शाम तक खाद्य के एकत्रीकरण में जुटी रहती। फल तोड़ना, फल बीनना, शिकार करना, थककर सो जाना, और फिर दूसरे दिन—वही-वही।

सर्वटे भी यही करता है, लेकिन क़बीले भीतर रहकर नहीं, क्योंकि आधुनिक सभ्यता में क़बीलों का लोप हो चुका है। वह अकेला रहता है, अकेला दौड़ता है। अकेला गुन्ताड़ा भिड़ाता—बशर्ते कि वह गुन्ताड़ा हो और वह भिड़ जाए; लेकिन जिसमें वह भिड़ जाया करता वह गुन्ताड़ा नहीं था, सिर्फ़ गुत्थी थी, सवाल थे जो एक-दूसरे से मिलकर उलझ गये थे।

भीड़ में भी अगर सर्वटे अकेला रहे तो इसमें उसका कोई दोष नहीं था। वह समझता था कि उसकी स्थिति दयनीय है, इसलिए और भी अकेला महसूस करता। हमदर्दी मिलना आसान था, सहायता मिलना लगभग सम्भव था। हमदर्द वही थे और हो सकते थे जो उसके जैसे लाचार हों, वे क्या सहायता देते। स्वयं की लाचारी की भावना, उस व्यक्ति को मन-ही-मन और अकेला बना देती है।

इसका एक छोटा-सा कारण और भी था और वह यह कि सर्वटे दिखने में, बात में, चाल-ढाल में दयनीय नहीं था; फिर भी वह अपने-आपको दयनीय नहीं समझता था। और समझता भी था तो वह आत्मगौरव कई बार खो चुका था; वह जिसे आत्मगौरव समझता है यदि वह उसकी रक्षा करता तो अपने परिवार का पालन-पोषण उसके लिए असम्भव हो जाता। वह कई बार अपने-आपको वेश्या कह चुका था।

सर्वटे अपने-आपको दया का पात्र इसलिए नहीं समझता कि वह जिस व्यक्ति से यदा-कदा सहायता प्राप्त करता था, उस व्यक्ति से वह आप-ही-आप घृणा करने लगता। सहायता देनेवाले व्यक्ति से सर्वटे अपने-आपको (जो सहायता प्राप्त कर रहा है) बहुत ऊँचा समझता। उसका खयाल था कि जो उसे सहायता दे रहा है वह उसकी स्थिति पर दया करके। अपनी मजबूरियों के बोध के कारण, उसे सहायता तो लेनी ही पड़ती। किन्तु सहायक उसके हृदय से दूर, दूर, बहुत दूर हट जाता। उसे लगता कि वह सहायक से घृणा कर रहा है, यद्यपि लेते समय वह सहायक को ईश्वर का अवतार ही समझता। किन्तु पीठ फिरते ही; सर्वटे के हृदय में ज़हर उबलने लगता,

धुआँ निकलने लगता। और तब वह पाता कि वह सचमुच बेसहाया है, अकेला है, भयानक अकेला। क्योंकि मानवोचित ज़िन्दगी बसर करके वह मनुष्य भी नहीं बन सकता। वह निरा पशु है।

इस प्रकार सर्वटे कभी अपने-आपको पशु, कभी बन्दर, कभी रीछ, कभी सिर्फ़ कुत्ता अनुभव करते हुए, पुराने असभ्य बर्बर आदिवासी की भाँति दिन के भोजन की तलाश में निकल पड़ता। दिन भर की अकारथ आधी पेट मेहनत के पसीने से, वह क्रुद्ध हो जाता, चीख उठता (और बड़बड़ाता कि आत्महत्या कर ली जाए। आत्महत्या की भावना तुरत ही शारीरिक प्रतिशोध की भावना में बदल जाती) किन्तु, सर्वटे अपने-आपको चाहे जितना बर्बर मान ले, वह बर्बर समाज का अंग नहीं था।

इसीलिए, रास्ता काटकर, कन्नी काटकर निकल जाने की उसकी आदत थी। मुझे अगर दूर से उसने आते देखा, तो वह तुरत ही दूसरी गली से निकल जाएगा। इसका कारण सिर्फ़ इतना ही था, वह यह सोचता था कि जिस समाज में मैं घूमता हूँ उस समाज का नियम-विधान उस पर लागू हो जाएगा। उस समाज के मानदण्ड लागू हो जाएँगे इत्यादि इत्यादि। और, वह ठीक इन्हीं चमकदार नियमों और भड़कीले विधानों से डरता, चिढ़ता और लड़ता था।

मिस्टर सर्वटे मेरे तईं अत्यन्त साधारण था और साधारणता की इस आत्यन्तिकता में वह असामान्य मनुष्य था। हाँ, मैं उसे मनुष्य कहूँगा, उसकी सारी घृणा के बाद।

रात का वक्त। मैं शहर के बँगले में हूँ जो असल में बाहर भी है, और शहर के भीतर भी। मेरे दोमंज़िले मकान के पीछे ही, रेल की पटरियाँ चली गयी हैं। इस मुहल्ले में शाम के, सात बजे ही शान्ति छा जाती है। रास्ते पर आवाजाही लगभग बन्द हो जाती है और खम्भों पर बिजली के बल्ब अकेले टिमटिमाने लगते हैं।

दूसरी मंज़िल की गैलरीवाली खिड़की के पास अपने कमरे में मैं अकेला बैठा हूँ और सुबह को पूरा न पढ़े अखबार में दिल जमाने की कोशिश कर रहा हूँ। किन्तु साथ ही मेरा ध्यान कोने के गोल छोटे टेबल पर रखे हुए टिफ़िन के पीतली डब्बे पर भी है, जिस पर बिजली के प्रकाश के कारण, एक चमक-सी आ गयी है। मुझे यहाँ से डब्बा अच्छा लग रहा है। और सोचता हूँ, ठण्डा होने के पहले ही भोजन कर लूँ।

किन्तु, इतने में मेरा ध्यान शेख अब्दुल्ला से पत्रकारों की भेंट पर जाता है, उसके वक्तव्य को पूरा का पूरा पी जाने की इच्छा होती है। मुझे लगता है कि राजनीतिक मत उसके चाहे जो भी हों, किन्तु उस पर गुज़री है इसलिए उसकी बौखलाहट अच्छी लगती है। साथ-ही-साथ उसकी सूरत भी, मुझे पसन्द है जो यहाँ की स्टेट काँग्रेस के एक प्रभावशाली नेता से मिलती-जुलती है।

खड़, खड़, खड़ साँकल खटखटाने की एक डरती-सी आवाज़ !

शायद, पड़ोस में कहीं साँकल खटखटायी गयी है। शेख अब्दुल्ला की सूरत की

तरफ़ मैं ध्यान से देखता हूँ। शेरे-कश्मीर की तक़दीर खराब है, (मैंने सोचा) नहीं तो बहकने की इतनी ज़रूरत क्या थी। अजी, देखिए न, जब पी. एस. पी. वाले काँग्रेस में...

खड़, खड़, खड़ ! फिर से साँकल की डरी हुई, किन्तु शायद ज़्यादा ज़ोर की आवाज़।

मैंने कान खड़े किये। हाँ, शायद कोई मेरी तरफ़ है। लेकिन, फिर भी कौन आएगा ! पड़ोस में साँकल बज रही है, लेकिन वे उल्लू हैं। अजी उनके यहाँ ऐसा ही होता है। कोई किसी की नहीं सुनता। तो, हाँ, अब शेख़ अब्दुल्ला क्या करेगा ! असल में, अब उसे कश्मीर का पैदल दौरा करना चाहिए, ढिंढोरा न पीटते हुए, लेकिन इससे भी पहले वह भारत में कश्मीर के विलय का समर्थन करते हुए एक वक्तव्य ज़रूर दे दे। लेकिन यह क्या इस समाचार में तो यह भी लिखा है कि शेख़ अब्दुल्ला गौहाटी काँग्रेस में...

खड़-खड़-खड़-खड़-खड़...

अपने दरवाज़े की साँकल पर कुछ नाराज़ होता हुआ मैं अपनी जगह से उठा तो देखता क्या हूँ कि पेट में भूख के नश्तर भी चुभ-से रहे हैं। नश्तर एक नहीं, कई हैं और लगता है कि वे आँतों में कई जगह चुभ रहे हैं।

शायद होटल का लड़का टिफ़िन का डब्बा वापस लेने के लिए आया है। मैंने तो उसे कह दिया था कि वह उसे सुबह वापस ले जाए। पैसे मैं काहे के देता हूँ।

अन्दर से ऊपर की चटखनी खोलते हुए मुझे लगा कि दरवाज़े के बाहर बिलकुल शून्य है। मैंने किवाड़ खोलते ही पाया कि वहाँ सचमुच कोई नहीं था, केवल काला अँधेरा जो अन्दर के प्रकाश से फट गया था। कोई तो नहीं है ! कहीं चोर तो नहीं है, मैंने ज़ीने के नीचें झाँककर देखा—कोई खड़ा था। हलका-सा भय...

इसके पहले कि मैं कुछ कहूँ, या डर के मारे चिल्लाऊँ, एक आकृति ज़ीना चढ़ने लगी।

दिल में एक भुतही थरथरी छा गयी। और मैं दो क़दम पीछे हट गया। और फिर धैर्य से अपनी कुरसी की तरफ़ क़दम बढ़ाता हुआ कहने लगा—मालती यहाँ नहीं है, वह एक महीने से लखनऊ है। यहाँ कोई नहीं है।

लेकिन, पहले की भाँति कुरसी पर बैठने के पहले ही मुझे लगा कि वह भीतर आ रही है।

वह एक स्त्री की दुबली, पीली, चम्पई छाया थी, जिसने आधुनिक ढंग की हलकी पीली साड़ी पहन रखी थी। वह एक क्षण-भर यह सोचकर खड़ी रही कि मैं उसे बैठने के लिए कुरसी या कोई और आसन दूँगा। लेक़िन यह देखकर कि मैं कुरसी पर बैठ गया हूँ, उसने अगल-बग़ल देखते हुए एक कुरसी खींची और किनारे पर धीरे-से बैठ गयी।

अब मैं एक बात कह दूँ कि स्त्रियों को चोरी-चोरी देखने की मेरी आदत है। सामने देखते ही मेरे होशोहवास गुम हो जाते हैं, इसलिए मैं चट से किसी दूसरी ओर देखने लगता हूँ। किन्तु अब तो उसकी ओर देखना आवश्यक ही तो था।

उसकी पीली सूरत को एक बार मुँह-भर देखा कि सामने छोटे गोल टेबल पर रखे टिफ़िन के डब्बे की पीतली पीली चमक मुझे दिखाई दी। लेकिन, अब के, पेट में नश्तर नहीं चुभे। क्षण-भर के अथाह-गहन तनाव-भरे साँवले मौन के बाद, मैंने सप्रश्न दृष्टि से उसकी ओर फिर देखा।

उसने नज़र नीची करके, फिर बग़ल में देखते हुए कहा, "आपने मुझे पहचाना नहीं ! मैं प्रमिला हूँ।"

"प्रमिला...कौन प्रमिला ! कौन...हूँ, हूँ !"

मेरे मस्तक में ये नीरव शब्द गड़गड़ाने लगे। उसने एक गहरी उसाँस भरकर गोद में हथेली के ऊपर हथेली रखकर कहा, "अच्छा, जाने दीजिए। मालतीजी कब आएँगी ?"

लेकिन उसके सवाल पर मेरा ध्यान नहीं गया। जैसे मैदान के घन-घोर अँधेरे में किसी दूर टूटे-फूटे मन्दिर से किसी आरती की घण्टा-ध्वनि घूमती फिरे, वैसे कोई हलकी-सी याद गूँजी और मिटी और मैं पहचान नहीं पाया कि वह घण्टा-ध्वनि किस ओर से, किस मन्दिर से आ रही है।

प्रमिला ने एकाएक कहा, या मुझे यह आकस्मिक प्रतीत हुआ, कौन जाने ! मैंने यह सुना—"मैं सर्वटे की बहू हूँ।"

एक सपाटे—बन्द खंजर जैसे मेरे दिल में चुभ गया हो। एक साथ कई भाव उठे और मिटे। सन्देह, क्रोध, नाराज़गी, मिठास और विद्रूप की भावना आपस में टकराने लगीं। शायद, प्रमिला ने देखा होगा कि मेरे चेहरे पर कई छाँहें गुज़र रही हैं, क्योंकि उसकी आँखों में एक हलका विस्मय था, जो मैंने देखा, खूब देखा।

"सर्वटे क्यों नहीं आया ? और तुम ? तुम खाचरोद में हमारे पड़ोस में रहनेवाले देशमुख वकील की लड़की तो नहीं हो।"

प्रमिला के चेहरे पर सभ्य संकोच की शिष्ट ललाई तैर गयी और इस बात की खुशी कि मैं उसे पहचान गया। उसकी आँखों में पहचान की चमक देखते हुए मैं भीषण रूप से अस्थिर हो उठा और सपाटे से कुरसी से उठकर कमरे में एक चक्कर लगाते हुए बोला, "खाना खाओगी ? ताज़ा खाना।"

"नो, थैंक्स !!"

"अरे तुम तो अँगरेज़ी बोलती हो !" मेरे मुँह से निकल गया।

प्रमिला कुछ नहीं बोली। वह वहाँ बैठी ही रही। मैं टेबल पर खाना जमाने के गुन्ताड़े में लगा। मैंने सोचा वह एक या दो मिनिट में चली जाएगी या उसे चले जाना चाहिए।

"अभी भी तुमको घर में लल्लू ही कहते हैं क्या ?"

न मालूम मैं किस मूड में था।

मैंने छूटते ही कहा, "लल्लू तो घरवाले अब नहीं कहते, लेकिन मैं उल्लू कहता हूँ अपने-आपको।"

उसने आँखें गड़ाकर मेरे चेहरे के प्रदेश में भाव ढूँढ़ना चाहा। स्पष्ट ही उस पर एक झींख और झखमार पुती हुई दिखाई दी।

प्रमिला ने सिर्फ़ इतना ही कहा, "आपके पड़ोस में दोपहर से मेरी माँ आयी हुई हैं, लेकिन वहाँ बूढ़ी काकी के सिवा और कोई नहीं है। वह बीमार भी हैं। मैं उनके बिस्तर के पास देर तक बैठी रही किन्तु आगे मेरा मन नहीं लगा। इसलिए मालतीजी की तलाश में यहाँ चली आयी ! अच्छा अब चलूँ।"

मैं अपने मुँह में कौर के ऊपर कौर डालता जा रहा था। लेकिन मेरा ध्यान प्रमिला की तरफ़ भी था। मेरे यहाँ इतनी रात उसके आने के कारण की व्याख्या मैं असन्तोषजनक समझता हूँ, लेकिन उस समय असन्तोषजनक होने का भाव नहीं हुआ। वह बिलकुल सन्तोषजनक लगा, क्योंकि उस समय तक मैंने प्रमिला पर विश्वास करना शुरू कर दिया था। मैंने पुराने घरौवे के भाव से कहा, "मैं जब तक खाना खा रहा हूँ, तब तक बैठो।"

वह एक क्षण-भर उसी कुरसी पर बैठी रही। फिर धीरे से टेबल के पास कुरसी सरका ली, क्योंकि उस टेबल पर मैं खाना खा रहा था।

यह मैं कैसे कहूँ कि उसकी तबीयत हुई थी कि वह स्वयं परोसे। लेकिन, संकोचवश, मैंने उसे वैसा करने नहीं दिया। अब चूँकि उसकी कुरसी पास ही थी, इसलिए उसके चेहरे के अध्ययन का भी अवसर मिल गया।

प्रमिला ने धीरे से संकोच से कहा, "पन्द्रह साल के पहले की बात है। मैंने तुम्हें खूब पीटा था। याद है ?"

"प्रमिला, तुम तो सिनेमा जैसी बात कर रही हो। यह तो बताओ कि तुम क्यों आयीं, सर्वटे क्यों नहीं आया ?"

प्रमिला ने एक गोली दाग़ दी चुपचाप। उसकी कोई आवाज़ नहीं हुई। 'मैं जानता था कि सर्वटे नहीं आएगा।' प्रमिला का मौन, उसकी अचकचायी हुई शारीरिक हरकत, उसके चेहरे का कठोर भाव—वह बन्दूक़ की गोली ही थी।

उसने कहा, "मैंने कहा था आने को।"

"लेकिन, वह यहाँ आने को डरता क्यों है ?"

वह हँस पड़ी। और तब मैं संगीत से चौकन्ना हो उठा। उसने कहा, "जब तक आपका कमरा हमारा कुट्टर नहीं हो जाता, कपड़ों से भी आप मुहताज नहीं हो जाते, तब तक आपके मित्र यहाँ नहीं आएँगे।" प्रमिला के हृदय में विरक्ति का भाव था।

मैंने कहा, "क्यों, मुझपर इतनी मेहरबानी क्यों है ?"

“आप पर मेहरबानी का सवाल नहीं है। वह सारी दुनिया पर मेहरबानी है।” प्रमिला ने मुँह पर एक विनम्र घनिष्ठता का भाव लाते हुए कहा, “उन्हें किसी व्यक्ति से कोई लेना-देना नहीं है। न किसी के लिए उनके मन में कोई दुर्भाव है। लेकिन, सच, उनकी एक फ़िलॉसफ़ी है। फ़िलॉसफ़ी अजीब ज़रूर है ! उन्होंने इस फ़िलॉसफ़ी की घुट्टी मुझे भी पिला दी है। अच्छी तरह। मैं उस फ़िलॉसफ़ी की क़ायल तो नहीं हूँ, लेकिन वह उपयोगी बहुत है।”

अब प्रमिला और सर्वटे दोनों में मेरी दिलचस्पी ज़्यादा बढ़ने लगती है। मैं हाथ-मुँह धोकर स्टोव के पास जाकर चाय बनाने लगता हूँ। चूँकि स्टोव रसोईघर में है, इसलिए वहाँ प्रमिला नहीं आती। प्रमिला सिर्फ़ वहीं से बैठे-बैठे कहती है, “अरे, आपने चाय बनाना क्यों शुरू किया ?”

मैंने जवाब दिया, “अरे, आप महाराष्ट्रीयंस हैं—चाय बहुत पीते हैं। और क्या खातिरदारी करूँ !”

चाय लेकर ज्यों ही मैं प्रमिला के पास जाता हूँ देखता क्या हूँ कि वह अखबार लेकर कुछ पढ़ना चाह रही है।

मैंने पूछा, “बताइए, वह कौन-सी फ़िलॉसफ़ी है ?”

प्रमिला हँस पड़ी। उसने कहा, “फ़िलॉसफ़ी-विलॉसफ़ी कुछ नहीं। सिर्फ़ कुछ नियम, कुछ क़ानून और कुछ दण्ड-विधान, बस।”

“तो, भी ?”

“उनका पहला क़ूनन यह है कि मनुष्य को सिर्फ़ एक ही बार खाना खाना चाहिए। दोबारा नहीं। इंतनी कमाई नहीं है। जब कमाई नहीं है तो खाना क्यों खाया जाए, वह भी दोबारा ? मेरे लड़के को भी उन्होंने घर से बाहर निकाल दिया, इसलिए कि वह एक बार शाम को दूध पी गया था। छोटी लड़की ने जब एक बार ज़्यादा ज़िद की तो उन्होंने उसे उलटा टाँग दिया। वे अपने-आपको भी खूब दण्ड दे लेते हैं। एक बार उन्होंने ग़लती से शाम को एक पार्टी में कुछ खा लिया। उन्हें मालूम था कि शाम को कोई नहीं खाता। वे दो दिन तक लगातार भूखे रहे और काम करते रहे। वे अपना शर्ट चार दिन चलाते हैं, भले ही वह कितना मैला क्यों न हो जाए। उनका नियम है कि सबके कपड़ों में हर हफ़्ते सिर्फ़ दो आने का साबुन लगना चाहिए। इससे ज़्यादा नहीं। उनके कपड़ों को देखकर चाहे लोग हँसें या गाली दें, उनकी इसे परवा नहीं। फिर भी वे उनकी परवा करते ज़रूर हैं, क्योंकि इसीलिए वे उनका मुँह भी नहीं देखना चाहते और उनकी छाया से भी भागते हैं। शायद इसीलिए वे आपसे भी भाँग रहे हैं।”

प्रमिला ने मेरी तरफ़ सार्थक दृष्टि से देखा। मैंने पूछा, “क्या सर्वटे बहुत ग़रीब खानदान से आया है ?”

उसने कहा, “नहीं, मेरे पिताजी बहुत अच्छे वकील थे, उनका घर तो हमसे भी अच्छा खाता-पीता था।”

मैंने उत्सुक होकर पूछा, "फिर सर्वटे की इतनी बुरी दशा क्यों ?"

प्रमिला के चेहरे पर दुख और ग्लानि के साथ एक बात और झलक गयी। उसका चेहरा लाल हो गया। मानो एक झेंप की आग छा गयी हो। उसने सिर्फ़ इतना ही कहा, "इसका कारण सिर्फ़ मैं ही हूँ।"

कारण समझने में मुझे देर न लगी। मैंने सिर्फ़ इतना ही कहा, "तो पिताजी ने दण्ड-विधान लागू किया।"

प्रमिला कुछ नहीं बोली और कुछ क्षणों तक मौन छाया रहा। और विचार व भाव तैरते रहे। फिर उसी ने शून्य भंग करते हुए कहा, "अगर वे ग़रीब परिवार से आते तो उनके मन में इतने कॉम्पलेक्सेस नहीं रहते। वे जिस श्रेणी से आये हैं, उस श्रेणी से गिरे हुए हैं, इसीलिए उससे नफ़रत है और इसकी उन्होंने एक फ़िलॉसफ़ी बना रखी है। वह फ़िलॉसफ़ी वे मुझ पर सक्रिय रूप से लागू करते हैं और अपने ऊपर भी। देखिए न, उन्होंने आपके यहाँ आने से मुझे बार-बार मना किया था, कहा था कि मेरा अपमान होगा। आखिर मैंने ज़िद ही पकड़ ली। तो उन्होंने कहा कि अब आधुनिक काल में सुदामा की औरत श्रीकृष्ण के यहाँ जाएगी, सुदामा नहीं। यह मैं तुम्हें शाप देता हूँ। उन्होंने बहुत-से शाप दिये हैं—बहुत-से, बहुत-से !"

यह कहकर प्रमिला रोने लगी। उसके आँसू नहीं थमे। अनवरत बहते रहे।

वह एक अजीब दृश्य था। रात का सन्नाटा। एक मामूली-सी परिचित स्त्री आपके एकान्त में, फिर भी अकेले, रो रही है। और आप उसकी कोई सहायता नहीं कर सकते। उसकी पीठ पर हाथ भी नहीं फेर सकते। उसे छू भी नहीं सकते। वह दूसरे की स्त्री है। मेरे मित्र की स्त्री, इसीलिए मेरे लिए पूज्या, वस्तुतः मेरे लिए भाभी। इसी मुश्किल में मैं पड़ा था कि रोते-रोते प्रमिला हँस पड़ी। और हँसते हुए तथा आँसू पोंछते हुए उसने कहा, "एक दिन उन्होंने बड़ा मज़ेदार शाप दिया। उन्होंने गुस्से में कहा, 'जाओ, तुम अगले जनम में बहुत धनी परिवार में जनम लोगी। लेकिन मुझ जैसे ग़रीब की तलाश में तुम दर-ब-दर ठोकर खाओगी। और अन्त में आत्महत्या कर लोगी। और वह व्यक्ति तुम्हारा तिरस्कार करेगा।' यह कहते-कहते वे ज़ोर से हँस पड़े। लेकिन मुझे बहुत बुरा लगा। मैं उनका घर चलाने की बहुत फ़िक्र करती हूँ। दाल में इतना पानी डाल देती हूँ कि वह दो बार के बजाय तीन बार चले। उनके नियम को मैं बिलकुल भी नहीं तोड़ती। मैं उनसे बहुत सन्तुष्ट हूँ। उनके साथ हर हालत में खुश हूँ। लेकिन उनसे मुझे डर लगता है। वे चाहे जो कर सकते हैं। इसका कारण उनकी फ़िलॉसफ़ी है। उनके कोई दोस्त नहीं हैं। दिल उन्होंने कठोर बना रखा है, जो कि वस्तुतः कठोर नहीं है। वह बिलकुल मुलायम है। इसीलिए मुझे उससे डर लगता है—क्योंकि वह कठोरता भावना का कठोर पत्थर है। वह चाहे जिसको लग सकता है, सबसे ज़्यादा खुद उनको।"

यह कहते-कहते प्रमिला की आँखें छलछला उठीं।

भूत का उपचार

मैंने एक कहानी लिखी। चार पन्ने लिखने के बाद मालूम हो गया कि वह उस तरह आगे नहीं बढ़ायी जा सकती। मुख्य पात्र की ज़िन्दगी थी, मैं भाष्यकर्ता दर्शक की हैसियत से एक पात्र बना हुआ था। कहानी बढ़ सकती, बशर्ते कि मैं मूर्खता को कला समझ लेता।

और अब मैं यह सोचने लगा कि कहानी आगे नहीं बढ़ रही है। एक दीवार खड़ी हो गयी है। ऐसा क्यों हुआ, मेरे मन ने लिखने से इनकार क्यों कर दिया।

मैंने लिखा था कि वह हाथ मटकाता हुआ, बुदबुदाता हुआ रास्ते पर चलता है कि वह किसी बात पर एकाग्र नहीं हो पाता कि वह निकर पहने हुए एक ठठरी है, जो अँगरेज़ी बोलती है कि जब-जब उसे बहुत गुस्सा आता है वह अत्यन्त शिष्ट बनता जाता है, और तब उसकी विनय, संकोच और शील सूचित करनेवाली आँखों की ललाई देखने योग्य रहती है। वह एक दिल पिघलानेवाला देवता मालूम होता है।

कहानी ने आगे बढ़ने से इनकार कर दिया। मैं पूछता हूँ कि क्यों ? कहानी में कथानक नहीं था, लेकिन पात्र तो था। ज़िन्दगी तो थी। वह क्या है, जिसने मेरे कानों में यह फुसफुसाया कि लिखना बेकार है।

बहुत दुख है कि मैं कहानी नहीं लिख पाया। बाद में उसी तैश में कुछ लकीरें शब्दों में बाँध लीं, जो इस प्रकार हैं–

फाँसी पाना, मरना अच्छा होता है।
मन बच्चा है।
अगर आदमी बना न पाओ
उसे मार दो।
मन...
कच्ची माटी आकार न दो उसको
अगर बनाओगे घट
उसको भर न सकोगे
जब घट खाली रहा कि

कोई विशाल प्रतिध्वनि गहरी आवाज़
उभरती आएगी उसमें से
इस घट में से गहरी गूँज
निकलती है जो
उसे अनसुनी कर, ओ जीनेवालो,
घड़ा फोड़ दो।
उसकी आवाज़ न सह पाओगे।

मुझे नहीं मालूम किस वस्तुगत सन्दर्भ में यह बात कही गयी। मैं घपले में पड़ा हुआ हूँ। अरे, कोई मुझे सहायता दे।

लेकिन यह मैं कैसे कहूँ कि इस कविता का कोई अर्थ नहीं है ? अर्थ है, लेकिन वह मेरी बुनियाद नहीं है। बुनियाद कोई और थी। जहाँ पर मैं खड़ा था, जहाँ से मैं चला था।

कहाँ से मैं चला था ?

इसी कहानी के दौरान, मैंने एक और कविता भी लिख दी थी। अगर आप मुझे समझना चाहते हैं तो कृपा कर उसे पढ़ लीजिए वैसे मुझे वह कविता सुनानी चाहिए। पहले की कविता पढ़ने की थी, यह सुनाने की है !

"हाथ मटकाते हुए, कुछ बुदबुदाते हुए पागल-सी
भागती वे और बुझती-भड़कती वे क्षुब्ध चंचल-सी
स्वयं से विकसीं भयंकर ज्वलन रेखाएँ
झपटतीं-सी, लिपटतीं-सी चौमुखी वे अग्नि-शाखाएँ
प्रकट होतीं, गुप्त होतीं नील गहरे चौंधियाती हैं।
आसमानी बादलों पर आत्म-चिन्ता फैल जाती है !"

कविताएँ मैंने आपको इसलिए बतायीं कि जब कहानी लिख न पाया तब उसका भीतर का आवेग मन में बचा रहा। भाव नहीं, कथा तक नहीं, पात्र नहीं, प्रसंग नहीं। मात्र एक उद्वेग, मात्र एक आवेग। जब मैंने ये कविताएँ लिखीं तब मुझे समझ में आया कि आवेग कितना ज़ोरदार था। उसे किसी-न-किसी तरह अपने-आपको प्रकट करके बिलकुल खो देना था।

प्रकट करके अपने-आपको खो देनेवाली यह बात बड़े मारके की है। शायद हर लेखक की इस समस्या का सामना करके हल खोज लेना पड़ता है। मैं तो क्षणिक उच्छ्वासों की कविता करना ही जुर्म समझता हूँ—मतलब यह कि लिखना टाल जाता हूँ।

लेकिन आज यह ज़रूरी हो गया कि मैं कुछ लिखूँ। जी नहीं लग रहा था। मन बेचैन था। अजीब परेशानी थी। अगर सुख प्राप्त कर लेना है तो इस तथाकथित

आध्यात्मिक मचलाहल को निकालकर फेंक दूँ, क्योंकि इसकी कोई क़ीमत नहीं है, कोई मूल्य नहीं है।

और मैंने एक चित्र बनाना चाहा।

एक ऐसा व्यक्ति जो द्विधा-ग्रस्त है, द्विधापन्न है। इस द्विधा का एक कोण यह कि वह एक ओर इस जड़ प्रकृति को जो उसके अन्दर और बाहर फैली हुई है, अपने पंजे में जकड़कर उसपर अधिकार करना चाहता है। वह इतना बहिर्मुख, सचेत और मुस्तैद बनना चाहता है, इतना कार्यकुशल और दुनियादार होना चाहता है कि इस कोशिश में प्रतिपल हारता हुआ वह अन्तर्मुख, और अन्तर्मुख, अधिक अन्तर्मुख, होता हुआ न जड़ प्रकृति पर विजय करता, न अपने उस आत्म-लोभ को सँवार सकता है, जिसकी उसे चाह है। उसकी भीतरी मानवीय, सहज-संवेदनशील अन्तर्मुख आत्मा में, एक अक्षम, नाजुक किन्तु वांछनीय, परम श्लाघ्य पराजय छिपी हुई है। वह इस पराजय पर पछताता है क्योंकि उसको भ्रम है कि यदि उसकी विजय होगी तो खूब अच्छा होता। दूसरे शब्दों में—उसका अभिप्राय है—बुलबुल की यह शिकायत कि हम उल्लू न हुए।

लेकिन क्या यह पूरा सत्य है ? क्या मैं पूरा सत्य लिख भी सकता हूँ। बड़ा सन्देह है मुझे।

असलियत कुछ और है। वह यह कि वह अपने में समायी हुई जड़ प्रकृति पर इतनी विजय तो प्राप्त कर ही सकता था कि जिससे वह सुखी रहे क्योंकि उसी के अनुसार—

न भूमिर्न तोयं न तेजो न वायुर्न-
खं नेन्द्रियं वा न तेषां समूहः।
विशिष्टानुभूत्या विशुद्धात्मकत्वात्
तदेको विशिष्टः शिवः केवलोऽहम् ॥

न चोर्ध्वं न चाधो न चान्तर्न बाह्यं
न मध्यं न तिर्यङ् न पूर्वा परा दिक्।
वियद् व्यापकत्वादखण्डैकरूप-
स्तदेको विशिष्टः शिवः केवलोऽहम् ॥

ठीक है कि मेरा पात्र इन श्लोकों से ज़रूर कुछ सुख अनुभव करता रहा। यहाँ तक कि शक्ति भी। लेकिन अपने भीतर की जड़ प्रकृति पर विजय प्राप्त करने में असफल हो जाना मानवीय है। यह बड़ा अच्छा था कि उसमें पाप-भावना नहीं थी (क्योंकि उसमें धर्म-भावना भी नहीं थी) केवल उसमें एक दार्शनिक संगीत-संवेदन यानी एक सामंजस्य-ज्ञान था।

मन पर शायद विजय प्राप्त की जा सकती है, आत्मा को भी वशीभूत किया जा

सकता है, किन्तु अपने चरित्र को नहीं। क्योंकि स्वयं का चरित्र-ज्ञान होना बड़ा मुश्किल है। उस ज्ञान की सम्पूर्ण उपलब्धि तो एकदम कठिन।

मुझे नहीं मालूम, लेकिन मेरा पात्र स्वयं कहता है कि उसमें कुछ बुरी आदतें थीं। मैं पूछता हूँ, कौन-सी ? तो वह कहता है, खूब सिगरेट पीना और खूब चाय पीना। मेनन के संयुक्त राष्ट्रसंघीय डॉक्टर के बुलेटिन में कहा गया था कि वे तीस कप चाय रोज़ पीते हैं।

लेकिन मैंने अपने पात्र से पूछा, ''कितने कप चाय रोज़ पीते हो ?'' तो वह बोला, ''सिर्फ़ आठ-दस।''

मेरे हिसाब से, निश्चय ही बुरी आदत है। लेकिन अगर वह चाय न पिए तो करे क्या ? जिरा आबोहवा में वह है, वह वातावरण उस पात्र के आत्मविकास के बिलकुल विरुद्ध है। वह व्यक्ति जब घर में समय नहीं मिलता तो ऑफ़िस में समाकलन गणित में सिर खपाता है।

वह एक गणित के नशे में रहता है। उसे गणित में एम. ए. करना है, एम. एस-सी. नहीं। बेवकूफ़ है वह जो एक साहित्य, संगीत और गणित की दुनिया में पड़ा हुआ है। वह न साहित्यिक है, न संगीतज्ञ, न गणितज्ञ। इन सब में पारंगत होने का उसे अवसर नहीं मिला, इसीलिए वह खाना खाते समय, ऑफ़िस से घर जाते समय, अपनी ज़रा-सी फ़ुरसत के समय अपने प्रिय विषयों में खो जाया करता है। असल में वह गुणी आदमी है।

तो वह प्रतिकूलता के चौतरफ़ा हमलों के बीच अपने एकान्त सृजन के लिए, दिल-दिमाग़ बहलाने के लिए यानी वातावरण बदलने के लिए चाय का सेवन करता है। वह एक स्थानापन्न आनन्द साधन है, एक एवज़ी ऐश है। वह एवज़ी ऐश बुरी बला है।

मैं उसे जानता हूँ, वह अपने-आपको नहीं जानता। उसे दुख सिर्फ़ इस बात का है कि वह महँगा ऐश है। डेढ़ सौ रुपल्ली में वह हो ही नहीं सकता। फिर भी वह करता है। जेब में धेला नहीं। कल क्या होगा, मालूम नहीं। बच्चों के पास कपड़े नहीं। ओढ़ने-बिछाने की तकलीफ़।

तब क्या किया जाए ? भाड़े पर बिक जाओ ! कोई और काम देखो !

लेकिन वह मिलेगा तब मिलेगा। कल क्या करेंगे ? इसलिए आत्म-सम्मान में जल मरने या डूब मरने दीजिए। कहीं भीख माँगिए। उधार माँगिए। मर जाइए !

हाथ में पैसा आते ही खुशी इतनी होती है कि फ़ौरन पिछला क़र्ज़ निपटाकर आगे की तैयारी शुरू हो जाती है।

ऐसी स्थिति में, सभी नाखुश। पूरा खुश किसे कर सकते हैं।

इसलिए समाकलन गणित का सवाल हल करते-करते, क़र्ज़ देनेवाले पठान की याद आ जाती है। और पुराना पापी यह मन कहता है कि उससे और रक़म ले ली जाए।

फ़ौरन से पेशतर जिससे कि आटा-दाल और दवा-दारू का इन्तज़ाम किया जा सकें।

लेकिन, क्या जो मैं कह रहा हूँ वह उस वक़्त निवेदनीय था जब मैं कहानी लिख रहा था ? नहीं, हरगिज़ नहीं।

मैं दास्तायवस्की के चोर की तरह, जो आदतन चोरी करता है, अपने पात्र को चोर नहीं बताना चाहता था। मेरा पात्र चोरी नहीं करता। शराब नहीं पीता, जुआ नहीं खेलता, रण्डीबाज़ी नहीं करता, व्यर्थ की निन्दा-स्तुति नहीं करता, किसी के लेने-देने में नहीं रहता।

लेकिन वह इस तरह अपनी ज़िन्दगी से जुआ खेल रहा है इसलिए कि वह क़र्ज़ ला-लाकर घर-तंगी दूर करता है, सिर्फ़ इसलिए कि अपने गणित के नशे में वह मस्त रह सके। गणित और संगीत के नशे में वह उन दोनों का मालिक नहीं हो सकता।

एक बार पात्र ने मुझसे कहा, ''मुझे इतना निकम्मा न समझो। मैंने भी एक नया धन्धा सीख लिया है।''

मुझे आश्चर्य का एक धक्का लगा—धक्का, सचमुच धक्का ! अब वह क्या करनेवाला है—जुआ, सचमुच खुला जुआ, सट्टा ? मैं भौचक्का रह गया।

उसने मुसकराकर कहा, ''हे लेखक, तुम बेवकूफ़ हो।'' मेरे विस्मय को सरासर बेवकूफ़ी मानकर उसने कहा, ''हमारे महकमे में आजकल मेरी बड़ी पूछ है।''

मैंने कहा, ''क्या ?'' और मेरा मुँह खुला ही रह गया।

उसने कहा कि उसके डायरेक्टर साहब आजकल उसे बहुत चाहने लगे हैं। मैं डायरेक्टर को जानता था, वह मेरे पात्र का सिर्फ़ शोषण कर रहा था।

मेरे चेहरे पर मुसकान की एक रेखा दौड़ गयी। डायरेक्टर साहब उसे पहले से ही चाहते थे। लेकिन अब क्या नयी बात हुई।

उसने कहा, ''नहीं, नहीं। मेरे एक दोस्त हैं जो जन्मकुण्डली बहुत अच्छी तरह देखने लगे हैं।''

मैंने मज़ाक़ करना चाहा, ''तो छिपाते क्यों हो ? हमारे यहाँ के कई साहित्यिक, कई मन्त्री यहाँ तक कि कई खासे गुनाहगार भी अच्छी कुण्डली देखते हैं। सुनते हैं, उत्तर प्रदेश के किसी मन्त्री ने यह भी कहा था कि लखनऊ विश्वविद्यालय में उसके नाम पर एक अध्ययनपीठ भी होना चाहिए।''

इस पर मेरा पात्र कुछ संकुचित हुआ। उसने गम्भीर होकर कहा, ''मेरी कुरसी के आसपास, ऑफ़िस में कई ऐसे हैं जो अच्छी कुण्डली देखते हैं। मेरे पिताजी ने मेरी कुण्डली बनवायी नहीं। नहीं तो मैं भी बहुत खुश होता। फिर भी, तरक़ीब तो आ ही गयी है। इसे मैं क्या करूँ ?''

मेरा कुत्सा भाव समझकर मेरे पात्र ने व्याख्या करते हुए आगे कहा, ''डरो नहीं, मेरे डायरेक्टर मुझसे इसलिए खुश हैं क्योंकि मैं एक अच्छा गणितज्ञ होने के साथ-साथ खासा राजनीतिक भी हूँ।''

अब तो सचमुच ही मैं भौचक्का रह गया।

मेरी आँखों के सामने महन्त रामनारायण दास, मुल्ला अब्दुल्ला ताहेर अली—दोनों एम. एल. ए., सन्त गोविन्दानन्द, एम. पी., आचार्य खाण्डेकर, पी. एस. पी., कामरेड बनर्जी, कम्युनिस्ट, बल्लभ भाई मुरलीदास पेन्सिलवाला, जनसंघ—न मालूम कितने ही लोग—परिचित-अपरिचित सामने हो लिये। फिर भी मेरा पात्र इनसे कुछ इतना भिन्न था कि जब उसने अपने-आपको एक राजनीतिक आदमी कहा तो मैं विश्वास न कर सका और अविश्वास भी कैसे करता, वह मेरा पात्र जो था।

मैंने भौंहें चढ़ाकर उससे पूछा, ''डायरेक्टर साहब ने तुम्हें कैसे राजनीतिक आदमी समझा ? या तो वह डायरेक्टर का बच्चा बेवकूफ़ है या...''

बात काटकर मेरा पात्र बोला, ''देखिए, दो वजह हैं—एक तो यह कि 'प्रेस ऐण्ड रजिस्ट्रेशन ऑफ़ बुक्स ऐक्ट 1867' के अन्तर्गत, मैंने दो अखबारों पर मुक़दमा चला दिया है। मेरा व्यवसाय भी तो यही है, मैं इसी काम के लिए मुकर्रर हूँ, तैनात हूँ, मेरा सरकारी ओहदा पत्रकार का है। दूसरे, डायरेक्टर साहब खुद पत्रकार हैं। सरकार की नीति बहुत नरम है। लेकिन ग़ैर-ज़िम्मेदार तत्त्वों पर कुछ अनुशासन भी ज़रूरी है। यह तो महज़ एक धमकी है।''

उसके फूहड़पन पर नाराज़गी का भाव बताते हुए मैंने जब उसकी ओर देखा तो उसने कहा, ''हमारे छोटे-से दफ़्तर में बड़ा कुचक्र चलता है। या तो लोगबाग़ कुण्डली देखते हैं, या लड़कियों की चर्चा होती है, या व्यूह-रचना होती है। मैं इस भेद को जान गया हूँ।''

मैंने अविश्वासपूर्वक अपने पात्र से पूछा, ''तो क्या तुम शिकायत करने गये थे ?''

पात्र के माथे पर बल पड़ गये—''बिरादरी के लोगों के विरुद्ध शिकायत ! राम, राम ! चाहे वे कितने ही बुरे क्यों न हों, सामुदायिक नैतिकता है यह !''

पात्र साभिप्राय हँसा। यह बात मुझे समझ में नहीं आयी।

मैंने मुसकराकर पूछा, ''क्या बात है ?''

उसने जवाब दिया, ''कुछ नहीं। ऑफ़िस की एक लड़की ने डायरेक्टर से जाकर शिकायत कर दी। डायरेक्टर ने मुझे बुलाकर कहा कि तुम उम्र में बड़े हो, चौतरफ़ा नज़र रखो, और कोई ऐसी-वैसी गड़बड़ न होने दो। मैं जब डायरेक्टर के यहाँ से अपने कमरे में लौटा तो पहली बार...''

मैंने बीच में ही कहा, ''हाँ, पहली बार तुमने उस लड़की की तरफ़ खुलकर देखा।''

पात्र अपनी रौ में कहता गया, बस इतनी-सी बात है। मैंने जब उस लड़की की तरफ़ साभिप्राय दृष्टि से देखा तो उसने मुझसे सिर्फ़ इतना ही कहा—हाँ, मैं जानती थी कि डायरेक्टर तुमसे वैसा कहेंगे।

मेरा पात्र न शरमाया, न मुसकराया, न खुश हुआ, न लज्जित। काठ का उल्लू था वह।

मैंने कहा, "हज़रत, ज़िन्दगी गणित नहीं है, वह ज़िन्दा चीज़ है, सस्पन्द, क्या समझे ?"

वह इस तरह हँसा मानो मैं जो उसका स्रष्टा लेखक हूँ—निरा शब्द-तत्पर मूर्ख हूँ।

एकाएक मुझे प्रतीत हुआ कि पात्र का मस्तक दीप्त हो उठा है। वह कुछ कहना चाहता था। लड़की के बारे में नहीं। ऑफ़िस के बारे में, घर के झगड़ों के बारे में नहीं। उस दिक् के बारे में जो उस काल का ही एक विस्तार है। ऋण—एक का वर्गमूल निकालकर जो ऋण राशि निकलती है वह एक काल्पनिक संख्या है। मेरे पात्र की यह दृढ़ धारणा है कि सृष्टि यानी प्रकृति इस काल्पनिक संख्या को मानती है और उसके गणित-शास्त्रीय नियमों के अनुसार बरताव करती है। गणित-विद्या अगर विज्ञान की रानी है तो इसी कारण (उस लड़की का नाम भी विद्या ही था) शुद्ध तार्किक भाव—शुद्ध विचार में भी प्रतीक होते हैं—यहाँ ये सांख्यिक प्रतीक हैं। इन प्रतीकों की संगति-मूलक विभिन्न व्यूह-रचनाओं में बिम्बित शुद्ध तार्किक भावों को मैं लेखक, जो महामूर्ख हूँ, क्या जानूँ ! वह केवल वैज्ञानिक ही जान सकते हैं। चाँदनी रात में खटिया पर लेटे हुए एक बार मेरे पात्र ने मुसकराकर मुझसे प्रश्न पूछा, "एक धन एक क्या होता है ?"

मैंने चट से कहा, दो।

पात्र ने सितारों की ठण्डी चमक की ओर देखते हुए कहा, "क्या यह सार्वभौम सत्य है ? क्या सचमुच हमेशा ऐसा होता है। तुम्हारा बोंसाके क्या कहता है ?"

मैंने झोंककर जवाब दिया, "अरे पात्र ! मैंने तुझे बनाया है और तू मेरा इम्तिहान लेता है ?"

पात्र ने अप्रभावित होकर कहा, "कोशिश करो, जवाब दे सकोगे।"

मैंने बालक की भाँति शर्त लगाकर कहा, "एक धन एक हमेशा दो होते आये हैं।"

पात्र हँसा। उसने कहा, "एक नदी इधर से आयी, एक नदी उधर से। दोनों एकाकार हो गयीं—एक हो गयीं। जब नदी एक हो गयी तो उसे दो नहीं कहा जा सकता। एक धन एक बराबर एक भी हो सकता है, दो भी, ढाई भी और दो धन दो बराबर चार भी, तीन भी, पाँच भी। जड़ गणित के नियम प्रकृति हमेशा नहीं मानती। समझ गये ! उसमें अपनी स्वयं गति है। स्वयं गति के नियमों को ढूँढ़ना पड़ता है। गणित के नियम उसके आधार पर चलते हैं। उसका काम प्रकृति का बरताव खोजना है, उसका चरम सत्य ढूँढ़ना है।"

मैंने पात्र से चिढ़कर पूछा, "लेकिन उससे मेरा क्या ताल्लुक ? मैं लेखक हूँ, लिखता हूँ कविताएँ। आज एक कहानी लिखने बैठ गया, तुम मुझ पर टूट पड़े।"

पात्र ने चाँदनी रात में लेटे-ही-लेटे मुसकराकर पूछा, "लकीर की क्या परिभाषा है ?"

अब तो मेरी घिग्घी बँध गयी। मैंने कहा, "मैं लेखक हूँ, मनुष्य-स्वभाव परखने की कोशिश करता हूँ। आड़ी, टेढ़ी, तिरछी या गोल लकीर से मेरा क्या काम ?"

जब पात्र ज़्यादा ज़िद करने लगा तो मैंने हॉल एण्ड स्टीवन्स के रेखागणित का सूत्र उसके सामने बक दिया।

उसने मुझसे नम्रतापूर्वक कहा, "क्षमा करें, आप मेरे स्रष्टा हैं। मैंने सिर्फ़ आपसे दो सवाल पूछे, जिनका जवाब आप नहीं दे सके। स्थूल गणित मनुष्य-स्वभाव का भी होता है। यही कारण है कि स्थूल गणित के सत्य आप सार्वभौम और सार्वकालिक मानते आये। सीधी लकीर की परिभाषा मैंने पूछी तो वही हाल हुआ। अगर आपकी लकीर को दीर्घतम कर दिया जाए तो वह पृथ्वी का चक्कर काटकर खुद उसी बिन्दु पर आ सकेगी जहाँ से वह चली थी। अगर आपकी सीधी लकीर को सूरज से जोड़ दिया जाए तो वह पृथ्वी के साथ लगातार घूमती जाएगी। कहीं वह ज़्यादा लम्बी होगी, कहीं कम, कहीं वह बल खा जाएगी। स्थिर-चित्रात्मक कल्पनाओं का कोई वैज्ञानिक मूल्य नहीं है, समझे ?"

मैंने झींखकर पात्र से पूछा, "तुम ये ऐंड़े-बेंड़े सवाल मुझसे क्यों कर रहे हो !"

पात्र ने मेरी झखभार के प्रति चिन्तित होकर कहा, "आपको रोमांस सिर्फ़ लड़की में दीखा, उन पेचीदा सवालों में नहीं जो मैं करता रहता हूँ। आपको क्या मालूम कि शुद्ध तार्किक भावों के मैदान में भी एक बड़ा भारी रोमांस होता है। नयी-नयी संगतियों का वह खोज आप नहीं पहचान सकते तो मैं क्या करूँ ? आइंस्टीन ने दिक् को छोरहीन किन्तु शान्त बताया, अनन्त नहीं। क्या यह सच है। जहाँ तारा-बिन्दु गोल-गोल घूम रहे हैं वहाँ तो 'स्पेस' या दिक् गोल मानी जा सकती है किन्तु सपाट फैले हुए ब्रह्माण्ड—जैसे सुदूर एक नीहारिका में, जो मान लीजिए स्थिर भी है, जो कि वह नहीं है, दिक् का रूप क्या होगा ? गोल होगा ? मान लीजिए, हम आइंस्टीन की दिक् सम्बन्धी धारणा का खण्डन करना चाहते हैं तो वह हमारे नये बीसियों महत्त्वपूर्ण तथ्यों को हमारे सारे गणित के बावजूद, बार-बार परीक्षित-सुपरीक्षित करना पड़ेगा, जाँचना पड़ेगा। यह जाँच कठोर है, लेकिन जाँच और कठोरता—दोनों में एक अजीब विश्वासात्मक रोमांस है, उसे आप क्या जानो ?

मुख्य बात संगीत है, किन्तु उसका आधार होता है। उसी आधार से गणितिक प्रतीक प्रस्तुत होते हैं।

मैंने झींखकर पात्र से पूछा, "आखिर आप मुझे अपना पाण्डित्य क्यों बता रहे हैं ?"

पात्र ने नम्रतापूर्वक जवाब दिया, "मेरे भीतर का जीवन आप क्या जानो। जो भीतर का है, वह धुआँ या कुहरा है, यह ग़लत है। आप मुझे ऐसा चित्रित करना चाहते हैं जैसे मैं दुख की, असंगति की, कष्ट की एक मोरी का एक कीड़ा यानी निम्न मध्यवर्गीय हूँ। जी नहीं, स्रष्टा महोदय, मैं इतना आधुनिक नहीं हूँ। मेरी आत्मा आधी

क्लासिकी है, आधी रोमानी। मन अहंकार और बुद्धि आत्मा के इन्द्रिय माने गये हैं। यह सब शिल्प विज्ञान हैं, लेकिन वे नहीं हुए। शिल्प वैज्ञानिक के बदले मुझमें वे अधिक वैज्ञानिक हो गये, तो इसे मैं क्या करूँ ?''

''ईश्वर के लिए आप मुझे ग़लत चित्रित न कीजिए। ठीक है कि मैं तन्त्र-गलियों में रहता हूँ, और बच्चों को कपड़े नहीं हैं, या कि मैं फटेहाल हूँ। किन्तु मुझपर दया करने की कुचेष्टा न कीजिए।''

अब मैं अपनी खटिया पर खट से उठ बैठा और पात्र के भोले-भाले मुख को परखने लगा। उसने मेरी ओर देखकर कहा, ''क्षमा कीजिए, लेकिन यह सच है कि आप लोग मन की कुछ विशेष अवस्थाओं को ही अत्यन्त महत्त्वपूर्ण मानकर चलते हैं—विशेषतया उन अवस्थाओं की जहाँ वह अवसन्न हैं, और बाहरी पीड़ाओं से दुखी हैं। मैं इस अवसन्नता और पीड़ा का समर्थक नहीं, भयानक विरोधी हूँ। ये पीड़ाएँ दूर होनी चाहिए। लेकिन उन्हें अलग हटाने के लिए मन में एक भव्यता लगती है। चाहे वह भव्यता पीड़ा दूर करने सम्बन्धी हो या गणित शास्त्रीय कल्पना की एक नयी अभिव्यक्ति। उस भव्य भावना को यदि उतारा जाए तो क्या कहना ! इसलिए, जनाबेआली, मैं इस बात का विरोध करता हूँ कि आप निम्न मध्यवर्गीय कहकर मुझे ज़लील करें, मेरे फटेहाल कपड़ों की तरफ़ जानबूझकर लोगों का ध्यान इस उद्देश्य से खिंचवाएँ कि वे मुझ पर दया करें उन सालों की ऐसी-तैसी !''

मुझे लगा कि मेरा पात्र अब मेरे पीछे पड़ गया है कि वह ऐसा भूत है जो मेरा पिण्ड नहीं छोड़ेगा। इसलिए ज़रूरी है कि इस भूत को मार भगाया जाए।

जलना

ज्यों ही उसकी आँख खुली, उसने पाया कि छाती पर का उसका दबाव अभी तक दूर नहीं हुआ है। सपने में न मालूम वह किस-किस पर चिड़चिड़ा रही थी, न मालूम कौन-कौन आमने-सामने या छिपे तौर पर उसका मुँह चिढ़ा रहा था। सारी दुनिया कई टन वज़न का टीला बनकर बैठी हुई थी, वह अभी भी बैठी हुई है।

उसने आँखें खोलकर सामने के दरवाज़े की तरफ़ देखा। वह अभी तक मुँदा हुआ था। उस दरवाज़े के भीतर से खाँसने-खँखारने की आवाज़ें आ रही थीं, जो उसके बूढ़े सास-ससुर की थीं। दूसरे कमरे में शान्ति थी। इसका मतलब यह था कि कोई चाय बनाने नहीं उठा है। धीरे-धीरे उस दूसरे कमरे में से कप-बशियों की आवाज़ खनखनाने लगी। लेकिन ज्यों ही खयाल आया कि उसका पति चाय बना रहा है, उसके मन में तेज़ाबी काली गटर बहने लगी।

काले सल्फ़्यूरिक एसिड की भयानक बू-बास वाली वह गटर उसके भीतर-भीतर बहती ही गयी, और वह वहाँ जा मिली जहाँ एक घटना का चित्र, एक व्यक्ति की मूर्ति खड़ी हुई थी।

यह वह आदमी था, जिस पर वह एक ज़माने में जान देती थी। लेकिन अब वह बदल गया है। वह उसका पति है।

वह तड़ से एकदम उठी। दिल में ज़हर भरकर उसने अपनी बग़ल में सोये हुए बच्चे को इस तरह झकझोरकर जगा दिया ताकि वह खूब रो उठे, खूब चीखे, इतना तीखा शोर करे कि जिससे सब लोग, सास-ससुर, पति, बड़ा लड़का (जो बी. एस-सी. में पढ़ता है, और उसका कहना नहीं मानता), छोटे चिल्लर-पिल्लर सब उस कर्कश क्रन्दन को सुनकर अशान्त और बेचैन हो उठें, हाय-हाय करने लगें। घर भर पर यह उसका प्रतिशोध था। वह सबसे बदला लेना चाहती थी, उस आक्रोश के द्वारा जो उसका अपना नहीं था।

वह खाट से उठी। अपने बालों को अस्त-व्यस्त करके उसने रसोईघर में प्रवेश किया। उसका पति उकड़ूँ बैठा हुआ चुपचाप चाय बना रहा था। तीन साल का एक दुबला छोटा बच्चा, नंगा, वहीं बैठा हुआ था। बड़ी लड़की नल के पास खड़ी हुई टंकी

में बालटी उँड़ेल रही थी।

पानी बरस रहा था, आड़ा-तिरछा। दो बच्चे, जिसमें से एक को दमे का रोग था, बग़ैर छाता लिये, बिना स्वेटर पहने, स्कूल चले गये थे। खुद उसे भी ब्रांकाइटिस की शिकायत रहती थी। लेकिन बिना खुद की या बच्चों की परवा किये, उसने रसोईघर की मजबूती से बन्द की गयी खिड़की को खोल दिया।

दूर दिखती हुई नीली पहाड़ी और सलेटी रंग के फैले हुए तालाब के कई फर्लांग फैले हुए तेज़ लहरदार पानी को पार करके पेड़ों को अपने सामने झुकाती हुई तूफ़ानी हवा, रसोईघर में घुस पड़ी। और उसके साथ आये हुए छोटे कमरे को गीला करने लगे।

उबलती चाय को देखती हुई पति की आँखों ने अस्त-व्यस्त बालोंवाली अपनी स्त्री को देखा और सन्न रह गया। उसने जान लिया कि आज उसे किन्हीं पेचीदा हालात से मुक़ाबला करना है। और उसका मन अपनी पिछली ज़िन्दगी के वरक़े उलटने लगा। वैसे वह चुपचाप कप-बशियों में चाय उँड़ेलता जा रहा था, बच्चों को हुक्म देता जा रहा था कि यह कप नाना को दे आओ, वह कप नानी को दे आओ।

उसकी नंगी पीठ पर पानी के बारीक छींटे पड़ रहे थे, धोती का एक पल्ला भी अधगीला महसूस हो रहा था। उसने बाहर से आते हुए छींटे बन्द करने के लिए खिड़की बन्द करनी चाही।

ज्यों ही वह पुरानी चौखट पर नये ठुँके पल्लों को बन्द करने के लिए मुड़ा, उसकी आँखें दूर के बादलों के उस पार क्षितिज पर टिक गयीं जिसमें पूरब दिशा की किरणें टूटकर धुँधले-भस्मीले बादलों पर आक्रमण कर रही थीं। तालाब का कुहरे में खोया हुआ किनारा नीले-सलेटी रंग में डूबा दिखाई देता था, लेकिन पानी में चमकते हरे-हरे वृक्षों के शिखर पर ललाई की सम्भावना प्रकट हो रही थी।

उस आरपार फैले हुए विस्तृत दृश्य को देख वह एकबारगी स्तब्ध हो गया। उस दृश्य में इतनी ठण्डक और ताज़गी थी कि दिल की मनहूसियत हवा हो गयी और एक अजीब-सी थिरकन नाचने के अन्दाज़ में उभर उठी।

और फिर भी वह गम्भीर ही रहा। उसने खिड़की के पल्ले ज़बरदस्ती बन्द कर दिये। बच्चों को रसोईघर से भगा दिया। और खुद चाय का कप हाथ में ले टेबल के पास टीन की कुरसी पर जा बैठा, एक-एक घूँट चाय पीते हुए वह मन-ही-मन उस दृश्य का अवलोकन और पुनरावलोकन करने लगा।

और अकस्मात् उसे भान हुआ कि मनुष्य अपने इतिहास से जुदा नहीं है, वह कभी भी अपने इतिहास से जुदा नहीं हो सकता—न अपने बाह्य जीवन के इतिहास से, न अपने अन्तर्जीवन के इतिहास से। उसका अन्तर्जीवन अपने स्वप्नों में, अपने तर्कों और विश्लेषणों में डूबता आ रहा है। उसे अधिकार है कि वह उसमें डूबता रहे,

अपने-आप-से बाहर निकलने की उसे ज़रूरत नहीं है। अपने बाहर वे निकलें जिनका बाह्य से कोई विरोध हो।

क्या यह सच नहीं है कि गणितशास्त्र में, जिसका उसने एम. एस-सी. तक अध्ययन किया था, एक काल्पनिक संख्या भी होती है। क्या यह काल्पनिक संख्या फ़िज़ूल है ? क्या प्रकृति की सूक्ष्म क्रियाएँ इसी संख्या का अनुसरण नहीं करतीं ? क्या ऋण एक राशि का वर्गमूल एक भ्रामक वस्तु है ? क्या सीधी रेखा वक्र रेखा ही का एक विशिष्ट रूप नहीं है ? क्या यह झूठ है कि एक समय वह भी आएगा, जब वैज्ञानिक विधि-शिल्प इतना बढ़ जाएगा कि मानव-जीवन प्रकृति की शक्तियों का आज से अधिक दोहन करके अधिक विकसित होते हुए अपने-आपको बदल डालेगा। आज के प्रश्न और समस्याएँ इतिहास की वस्तु होकर बहुत बार हास्यास्पद भी प्रतीत होती होंगी, उसी प्रकार हास्यास्पद जिस प्रकार बुन्देला नरेश राणा धंग के युद्ध ! क्या यह सच नहीं है कि आज से सौ साल बाद सामान्य मनुष्य इतना सुविज्ञ हो जाएगा कि विज्ञान-प्राप्त नयी सुविधाओं के कारण, वह फ़िलॉसफ़ी और पोएट्री के प्रश्नों पर बहस करने लगेगा ! अजी, दुनिया और समाज की ज़िन्दगी में सौ साल बहुत थोड़े होते हैं। इतिहास की एक पलक उठती है और गिरती है कि सौ साल हो जाते हैं। उसमें घटा क्या है ! मेरे बच्चे के बच्चे उस नयी आभा को अवश्य देखेंगे। अजी, उसके पहले भी यह सम्भव है। आई डोण्ट केयर। आई विल लिव इन माई ड्रीम्स, दिस इज़ माई प्रायवेट वर्ल्ड, एण्ड आई ऐम एण्टाइटिल्ड टु लिव इन इट, आई ऐम नॉट प्रिपेयर्ड टु लेट अदर्स डिस्ट्रॉय इट !

उसको पता ही नहीं चला कि कब उसने चाय पी डाली और कब उसने कुरता पहना। उसे एक कप गरम-गरम चाय की और प्यास लगी कि इतने में सफ़ेद बालों का उलझा जंगल लिये हुए माँ का खाँसता-हाँफता बदन, जो रक्तहीनता के कारण कोयले से काला और विद्रूप हो रहा था, उसके पास झुककर खड़ा हो गया। उसने दयनीय भाव से गिड़गिड़ाकर कहा, "मुझे एक कप गरम चाय और दे, चुन्नू !"

चुन्नू का हृदय उस आर्द्र वाणी को सुनकर दुखी हो उठा। कहाँ गया माँ का वह पुराना ज्ञान, जब वह घर पर शासन करती थी। किन्तु आज वह निश्चित संख्या से अधिक एक कप चाय के लिए गिड़गिड़ा रही है। नहीं, उसका यह कर्तव्य है कि दमे से जर्जर इस देह के लिए व्यवस्था की जाए—अवश्य, अवश्य।

पर, कैसे ? उसने स्वयं ही देखा था कि चाय के पहले दौर में दूध खत्म हो गया है, सिर्फ़ दो चम्मच मुश्किल से उसकी स्त्री के लिए रखा है। अब क्या किया जाए ?

उसने माँ की तरफ़ देखा और एकाएक ज़ोर से हँस पड़ा और माँ को अपनी बाँहों में भर लिया, उसके ज़ोर से माँ की देह को तकलीफ़ होने लगी। उसे जगह-जगह दर्द होने लगा। वह चीख उठी, "अरे छोड़, अरे छोड़ ! चुन्नू, छोड़ !"

उसने माँ को ज़बरदस्ती हाथों से उठा लिया और उसको लेकर लगा नाचने गोल-गोल...पास खड़े हुए आठ साल के बबुआ को मज़ा आ गया। वह ताली पीटने लगा। तीन साल का बुन्दु यह दृश्य देखकर खड़ा हो गया। आठ साल का वह 'उल्लू' अपनी माँ को (उसकी चिड़चिड़ी स्त्री को) इस नाटक का समाचार देने के लिए पहुँच गया। रसोईघर के पास वाली छत से चिड़चिड़ाते गुस्से के धमाके फूटने लगे।

और अकस्मात् यह नज़ारा सामने दिखाई दिया कि चुन्नू कमरे में काग़ज़ पर काग़ज़ निकालकर फेंकता जा रहा है। वे काग़ज़, जो उसने अवेर के रखे थे, सँभालकर रखे थे। कमरा बिखरे हुए काग़ज़ों से अजीब हो उठा है। उस बच्चे को जिसे वह 'उल्लू' कहता है, बिखरे हुए काग़ज़ों को फिर से जमाने के लिए कहा गया है। वह बड़ी मुस्तैदी से और फ़िक्र के साथ उन्हें छाँट-छाँटकर जमा करता जा रहा है। और एक समय वह आया, जब वे काग़ज़ छोटे-छोटे गट्ठों में बँध गये और एक बड़ी थैली में समा गये। वे काग़ज़ क्या थे ? अखबारों के टुकड़े, बच्चों की पुरानी बेकाम कापियाँ, अमरीकी और रूसी एजेंसियों के सरकारी समाचारों के वरक़, पुराने न्यू टाइम्स, पुराने न्यूज़ वीक—जिनको अब तक उसने बहुत सँभालकर रखा था, लेकिन जो अब एकाएक अनुपयोगी प्रतीत हुए।

कन्धे पर थैली लटकाये ज्यों ही चुन्नू या चुन्नीलाल शर्मा, एम. एस-सी., असिस्टेण्ट टीचर, ज़ीने से उतरकर नीचे के कमरे में आया, उसे लगा कि कहीं उसे इस सुबह-सुबह भयानक दुर्घटना का सामना न करना पड़े, यानी कि कहीं पत्नी से मुठभेड़ न हो जाए !

लेकिन नहीं, उसका यह भय निराधार था। रास्ता साफ़ था। उसके अपने स्वभाव के अनुसार, सुबह की रोशनी की ताज़गी में उसकी आँखों के सामने स्वप्न तैरने लगें। उसके बच्चे बड़े हो गये हैं। वे खूब मेहनती निकले हैं। हाँ, सही है कि उनके कपड़े फटे हुए हैं, लेकिन वे मार्क्स, सार्त्र और नेहरू के वचन अपने भाषणों में सहज रूप से गूँथ जाते हैं। वे किसी सुनहले लक्ष्य के लिए लड़ रहे हैं। उनके हृदय में उत्साह है। ज़माना बदल गया है, अब बड़ा परिवर्तन होने को है। मौजूदा पीढ़ी, अपनी बुढ़भस में, हास्यास्पद प्रतीत हो रही है, इत्यादि-इत्यादि।.

उधर बच्चों की माँ ने चाय बना ली थी। वह काली थी, दो चम्मच दूध ने चाय के रंग में विशेष परिवर्तन नहीं किया था। लेकिन उसका गरम-गरम घूँट हलक़ में उतरते ही उसे अच्छा लगा। तब उसने देखा कि रसोईघर की जो खिड़की उसने खोल दी थी, वह फिर बन्द कर दी गयी है। वह एकदम उठी और उसके पल्लों को ज़ोर से खोल डाला।

बादल हट चुके थे और उसकी विपरीत दिशा में—पश्चिम में दौड़ते जा रहे थे। नवोदित सूर्य की गुलाबी, सुनहली, नारंगी किरणें एक केन्द्र से चारों ओर दौड़ रही थीं। तालाब के पानी में उनके प्रतिबिम्ब डूब गये थे। हरियाला मैदान लाल-सुनहला

हो गया था। और दूर तिकोनी पहाड़ी एकदम नीली दिखाई दे रही थी।

वह उस दृश्य को देखती खड़ी रही। उस सौन्दर्याभा का जल उसके चेहरे पर छा गया। उसे अच्छा लगा। पास ही कमरे में, नल से उसने बालटियाँ लगा दीं।

फिर वह चूल्हे के पास आ बैठी। उसके लाल अंगारों पर उसकी दृष्टि स्थिर हो गयी। उसमें लाल चट्टानें दिखाई दीं, जिनके भीतर से सुनहली ज्योति निकल रही थी। चट्टानों के पास महीन-गरम सफ़ेद राख की गलियाँ बन रही थीं। कहीं ज्वाला की हलकी लता हिलती हुई अपने किसी को बुला रही थी।

उसने दो छोटी-छोटी लकड़ियाँ और लगा दीं। चूल्हे में प्रकाश नाच उठा। एक गति, एक आवेग सूर्य का वंशीधर बनने लगा। उसने रसोईघर के चारों ओर नज़र दौड़ायी। भीत पर लगी हुई लकड़ी की पट्टियों पर पीतल के बरतन चमचम चमक रहे थे। उनके पीले रंग में खिड़की में से आयी हुई सूर्य की कान्ति ललाई घोल रही थी।

एकाएक उसकी नज़र अपनी चूड़ियों पर गयी। वे नीली थीं। उनकी नीलिमा की गोल प्रकाश-रेखा उसकी कलाई को घेरे हुई थी। अकस्मात् किसी अवचेतन प्रेरणा से उसने हाथों की चूड़ियों से माथे को छू लिया, मानो वह किसी अदृश्य शक्ति के सामने नत-मस्तक हो गयी हो। और, तब न मालूम कौन-सा स्वप्न उसकी पलकों में उभर आया। उसके होठों पर एक हलकी-सी मुसकान तैर गयी।

चूल्हे में आग तेज़ हो गयी। लाल और गेरुई, सिन्दूरी और सुनहली ज्वालाएँ ऊँची उठीं, नाचने और लहराने लगीं।

चूल्हा खाली था। उस पर उसने कुछ भी नहीं रखा था। वह लकड़ियों को आगे सरकाती जा रही थी। उनका प्रकाश बढ़ता जा रहा था। उनकी गरमी बढ़ती जा रही थी। उसका मन पीछे की ओर दौड़ता जा रहा था। कल क्या हुआ था ? हाँ, कल क्या हुआ था ? वह घटना, जिसने उसके दिमाग़ को धो दिया था, जिसने उसको पागल बना दिया था।

और लाख कोशिश करने पर भी उसे उस घटना की याद नहीं आयी। सम्भवतः ऐसी कोई घटना हुई ही नहीं थी। शरीर के अस्वास्थ्यजनित विषों ने उसकी नस-नस में घुसकर उसे कमज़ोर और विक्षुब्ध कर दिया था। और उस विक्षोभ ने उसके मन में आत्मनाशक सपने और भाव तैरा दिये थे। यही वे घटनाएँ थीं, जो पकड़ में नहीं आती थीं, जो सिर्फ़ एक मानसिक वातावरण बनकर उसे खाये जा रही थीं।

किन्तु उस समय जब चूल्हे की अंगारी लाल घाटियों में सुनहली लताएँ और फूल खिल रहे थे, उसे अपने बचपन और जवानी के दृश्य दिखाई देने लगे और उसे अफ़सोस होने लगा कि अगर वह पढ़-लिख जाती और नौकरी करने लगती, तो उसकी इतनी दुर्दशा न होती, उसके घर में पिछवाड़े से चुपचाप वह औरत न आती जो पठान से भी अधिक सूद लेती है, तो उसको इतना अपमानित न होना पड़ता।

उसके सामने क्रमशः वे दृश्य तैरने लगे जब उसकी साथिनें पढ़-लिख गयीं, जिनमें

से एक प्राइमरी स्कूल की टीचर है, दूसरी किसी दफ़्तर में है, तीसरी नर्स हो गयी है। एकाएक उसके हृदय में अभाव का, हानि का दुख भरता गया। हर तीसरे साल बच्चे, जन्म और मृत्यु, क़र्ज़ और अपमान, बढ़ती हुई ज़िम्मेदारियाँ और पेट में अन्न डालने की मुश्किलें और काम, काम, काम !

आश्चर्य की बात है कि इन सारे खयालों में पति का खयाल उसे नहीं आया। पति के विरुद्ध विक्षोभ उसके मन में नहीं था, सो भी बात नहीं। परन्तु यह सच है कि वह उससे बहुत ही अधिक प्रेम करती थी। वह क्षणभर को भी यह नहीं सोच सकती थी कि उसके दुख उसके पति के कारण हैं, यद्यपि वह अपने दुखों का ठीकरा पति के सिर पर ही फोड़ती है। मनुष्य का मन विचित्र है। और आज जबकि वह पति पर ही अत्यन्त क्रुद्ध है, पति के विरुद्ध उसके मन में विचार आने चाहिए थे। सम्भवतः इसका एक कारण यह भी था कि वह पढ़ने-लिखने के प्रति अपनी उदासीनता को ही सर्वाधिक दोष देती थी।

स्त्री चौंक पड़ी। यदि वह शिक्षित होती, तो शायद अधिक सुखी होती। वह यह समझती थी कि वह कार्य-कुशल है, न कि उसका पति। वह अपने भोले हृदय को भी भोला आनन्द प्रदान कर सकता था। लेकिन ज़िन्दगी की छोटी-छोटी बातों के लिए जद्दो-जहद करने की ताक़त और ताब वह नहीं रखता था। उसके अनुसार उसका पति सन्त था, सन्त। मूर्ख उसे न कह सकती थी, न सोच सकती थी।

और इसी तरह के खयालों में गिरफ़्तार वह स्त्री जब अपने बाल फैलाये हुए चुपचाप सोचती जा रही थी कि अनजाने में चूल्हे में की एक तड़ाक से उठी हुई चिनगारी उसकी साड़ी के एक कोण में दुबककर बैठ गयी।

ठीक उसी वक़्त उसका पति चुन्नीलाल एक मैले-कुचैले पंसारी की आलमारी में रखे हुए किसी कम्पनी की चाय के पीले पूड़े में बनी हुई औरत की तसवीर को देख रहा था। उस औरत का चेहरा नीला-साँवला था और हाथ में उसके एक फूलों-भरी डाली थी। लेकिन आँखें फटी-फटी-सी और काली थीं। उसे समझ में नहीं आया कि आखिर औरत की तसवीर क्यों गोद दी गयी।

वह एक चिपचिपे स्टूल पर नीचे पड़ा हुआ पुराना अखबारी काग़ज़ रखकर बैठ गया। चुपचाप अपनी झोली में से रद्दी काग़ज़ निकालने लगा।

इन काग़ज़ों में उसके बच्चों की लिखावट थी। टूटे-फूटे बाँके-तिरछे अक्षरों में गणित के आँकड़े, देश के विभिन्न राज्यों की राजधानियों के नाम, और संस्कृत की क्रियाओं के रूप लिखे हुए थे।

वह फिर भविष्य की तरफ़ देखने लगा। उसके बच्चे बड़े होंगे। कॉलेज एजुकेशन तो क्या ले सकेंगे। इतना पैसा ही नहीं है कि उनके लिए किताबें ख़रीदें...लेकिन हाँ, मैं अपने सारे विचार, मेरी अपनी सारी कल्पनाएँ और धारणाएँ उन्हें बता दूँगा। उनका बिलकुल सिस्टमैटिकली अध्ययन करा दूँगा। मैं उन्हें बड़े आदमियों की बैठकों से दूर

रखूँगा और इस तरह छुट्टी दूँगा कि वे उनके तौर-तरीक़ों से घृणा करें, अपने जैसे ग़रीबों में ही रहें, और उन्हें लिखाएँ-पढ़ाएँ, उन्हें नये-नये विचार दें, उनकी भविष्य-कल्पना तीव्र कर दें। उनकी जगत्-चेतना को विस्तृत और यथार्थवादी बना दें, और उनमें मरें और जिएँ ! मैं उन्हें क्रान्तिकारी बनाऊँगा, मैं उन्हें समाज की तलछट बनाने के लिए प्रेरित करूँगा, वे वहाँ बैठे-बैठे किताबें लिखेंगे, पैम्फ़लेट छापेंगे और जो मिलेगा उसे सबके साथ खाकर उन सब भड़कीले दम्भों से घृणा करेंगे, जो शिक्षा और संस्कृति के नाम पर चलते हैं...।

पंसारी को यह सब मालूम नहीं था। वह तो सिर्फ़ इतना जानता था कि इस तरह की रद्दी छह आने सेर से ज़्यादा नहीं बिकती। चुन्नीलाल ने जब अपने हाथ में पन्द्रह आने देखे तो वह बहुत खुश हुआ और पास ही के चायघर में दूध लेने के लिए पहुँच गया।

जब वह घर पहुँचा, तो पाया कि वहाँ कुहराम मचा हुआ है। बच्चे रो रहे हैं। बूढ़ी माँ राती हुई काँप रही है, उसकी साँवली झुर्रियाँ गीली हैं। और बूढ़े बाप के चेहरे पर श्मशान की छाया है। वह बालटी-पर-बालटी डाल रहा है। नीचे चुन्नू की स्त्री औंधी पड़ी हुई है—पानी में तर। सारा फ़र्श गीला है। उस पर मिट्टी के फफोले उभर आये हैं। बच्चों के रोने की आवाज़ें छत को फाड़कर खिड़की के बाहर निकल रही हैं। और सारे शोर में एक गहरा शून्य है, और वह शून्य उसकी स्त्री है।

वह स्त्री चुप है। उसकी खीझ ग़ायब है, उसकी चिढ़ गोल हो गयी है। वह स्तब्ध है। उस घटना से उसके दिमाग़ को धक्का लगा था। आग ने उस पर चढ़ाई की, क्यों की, क्यों की ?

और फिर आग बुझायी गयी, बालटियाँ डालकर। पीठ पर का आँचल और आँचल के नीचे का ब्लाउज़ जल गया था। इस वक़्त जले हुए हिस्से पर नीली स्याही लगायी जा रही थी। बहुत-सी जगहों पर फफोले उठ गये हैं, कहीं त्वचा खिंच आयी है।

खैरियत हुई, आग ज़्यादा फैल नहीं पायी। बाल-बच्चों के भाग्य अच्छे थे। स्त्री अब भी चुप थी, वह निश्चेष्ट थी। वह अभी भी फटी-फटी आँखों से न जाने क्या सोच रही थी। बूढ़े पिता और माता अपने-आपको दोषी अनुभव कर रहे थे। वे चुन्नू के दारिद्र्य को और भी भयावह कर देते थे। उनकी मुखमुद्रा दयनीय रहती थी, अब उनका मन भी दयनीय हो गया था।

लेकिन चुन्नू अपने-आपको दोषी समझते हुए आगे बढ़ा। उसने लज्जा छोड़ दी। निश्चेष्ट पड़ी हुई औरत का सिर हिलाया। उसे बिठा देने की कोशिश की।

वह उठ बैठी। अधिक सचेत हुई और पति को सामने पाकर आँखें कुछ संकोच से दूसरी ओर कर लीं, वहाँ सभी लोग खड़े थे, इसलिए।

और अकस्मात्, चुन्नीलाल को लगा कि अब वह अपने एकान्त की रक्षा नहीं

कर सकेगा। उसे लड़ाई में कूद पड़ना होगा, उसे मुठभेड़ करनी ही होगी। उसे अपने सपने भूल जाने होंगे, परिस्थितियों को वश में करने के कार्य में उसे दक्ष और समर्थ होना पड़ेगा।

बर्नोल...वैद्य...डॉक्टर...ये शब्द उसके मन में गूँज गये। पैसा...यह शब्द उसकी अन्तर्गुहा में चीख उठा। सहायता...यह स्त्री-लिंगी ध्वनि उसके हृदय में दुन्दुभि बजाने लगी।

उसने अपनी स्त्री की पीठ पर के घाव देखे—कुल छह थे। उनमें तीन कुछ बड़े थे, बाक़ी छोटे—पैसे के आकार के। और तब उसके मस्तिष्क ने तुरत सोच डाला कि उसके लिए बर्नोल काफ़ी है। वैद्य और डॉक्टर बुलाने की ज़रूरत नहीं है।

उसने बीवी को वहीं छोड़ दिया। पड़ोसी की साइकिल उठायी और तुरत ही बर्नोल के लिए निकल पड़ा।

तब तक वातावरण बदल गया था। स्त्री वैसी शान्त और चुप पड़ी थी। अब उसके फैले हुए पैरों पर नन्हा खेल रहा था, बड़ा बच्चा उसकी पीठ के दाग़ों पर नीली सियाही लगा रहा था। बूढ़ी माँ रसोईघर में घुस गयी थी।

जब वह बर्नोल लेकर लौटा तो वह बीवी के पास जा बैठा, उसकी अपलक न देखती हुई आँखों में उसने आँखें डाल दीं। उसके गाल छुए। और तब उसने पाया कि उसकी आँखों में चेतना मुसकरा उठी है। उसके होठ भी किसी नम्र, दीन, दयनीय स्थिति में तिरछे हो रहे हैं। चुन्नू के हृदय में एकाएक अपने स्वयं के ही भाग्य पर बड़ी दया उत्पन्न हुई। दया इसलिए कि उसके आसपास के लोग किसी उपन्यास के केवल पात्र हों, जो लेखक के अत्यन्त निकट होते हैं, और फिर भी दूर, व उसके अपने होते हुए भी केवल छायात्मक होते हैं।

किन्तु इस विचार के उत्पन्न होते ही, उस विचार के लगभग विपरीत, चुन्नीलाल ने अपनी स्त्री को बग़ल में खींच लिया।

और तब एक क्षण के बाद, उसकी स्त्री के गले से आवाज़ निकली। क्षीण, दुर्बल और प्रार्थना करती हुई आवाज़ थी वह। स्त्री ने कहा, ''तुम मुझे छोड़कर मत जाया करो !'' वह आवाज़ बहुत ही क्षीण और करुणापूर्ण थी। किन्तु चुन्नीलाल को लगा कि वह आवाज़ किसी पार के परली तरफ़ के परे से आ रही है, इतनी दूर से कि वह उसी कारण तीखी हो उठी है और हृदय-विदारक भी।

चुन्नीलाल ने अपनी पत्नी को वहीं ज़मीन पर लिटा दिया। सिरहाने लकड़ी का पट्टा रख दिया। और किसी उत्तेजित अवस्था में रसोईघर की खिड़की खोलकर वह बाहर देखने लगा।

वहाँ उसे शहर-ही-शहर और गाँव-ही-गाँव, सड़कें-ही-सड़कें, गलियाँ-ही-गलियाँ दिखाई दीं, जिनके भीतर से उठती हुई गूँज उसके पास आकर कहने लगीं, ''तुम मुझे

छोड़कर मत जाया करो।"

और जब वह एक कप चाय लेकर बीवी को देने गया, तब पाया कि उसकी आँख लग गयी है। चुन्नीलाल ने जगाने की कोशिश करनी चाही, पर वह एक दृश्य देखता ही रहा—नन्हा बालक अभी भी उसके फैले हुए पैरों के बीच खेल रहा था। तीन साल का बच्चा अपनी जेब में से चाक के टुकड़े गिन रहा था। आठ साल का बड़ा लड़का घर की हालत और स्कूल-दफ़्तर का समय सोचकर थाली में अरहर की दाल बीन रहा था। उसके हाथ में अभी भी नीली सियाही लगी थी, मानो उसने दावात से खिलवाड़ किया हो।

चुन्नू का दिल इस दृश्य को देख पिघल गया। वह उसे अत्यन्त सुन्दर प्रतीत हुआ। उसका मन बेहद के मैदान में चला गया। इन सब लोगों का प्यार वह अपने में नहीं सँभाल सकता। उसका दिल मिट्टी का घड़ा है, उसमें ज़्यादा भरोगे तो वह टूट जाएगा।

एकबारगी उसने अपने सारे घर पर दृष्टि डाली। यह उसका जगत् है, उसे सबकी सेवा करनी है। वह ज़रूर-ज़रूर करेगा। नहीं तो ज़िन्दगी का कोई मतलब नहीं।

उसने अपनी बीवी को जगाया नहीं। पिताजी को चाय का कप दे दिया। और फिर रसोईघर में आ गया तथा खुद गरम-गरम चाय पीने लगा।

ज्यों ही उसने एक घूँट अपने होठों से लगाया कि एकाएक उसे खयाल आया कि उसने बर्नोल का प्रयोग अभी तक नहीं किया, उसके घावों पर बर्नोल लगाना भूल गया।

उसने चाय भरी बशी नीचे रख दी, और आसमान फाड़कर एक तसवीर उसके सामने आ गयी। वह उसकी अपनी समस्या थी।

वह बर्नोल लगाना भूल क्यों गया ? वह अपने कामों से, दुनिया से रिश्ते जोड़े, न कि सिर्फ़ दिल के उड़ते हुए टुकड़ों से। इतने में बड़े बच्चे ने आकर सूचना दी, "माँ, चाय माँगती हैं।"

चुन्नू को खुशी हुई। वह तुरत गरम चाय लेकर स्त्री के पास जा बैठा। बच्चों ने देखा कि उनके बूढ़े, झुकी कमरवाले नाना के हाथ में बर्नोल है, जिसे वे चुन्नीलाल के हाथ में दे रहे हैं।

एक दाख़िल दफ़्तर साँझ

कचहरी के लम्बे-चौड़े अहाते के अन्दर नीम, सेमल और इमली के बड़े-बड़े वृक्ष खड़े हैं। जब उनकी आड़ में क्षितिज की कोर पर रक्ताभ साँझ झुक जाती है, और उसके रंगों का प्रवाह आकाश का दूसरा छोर छूने के प्रयास में धुँधला हो जाता है तब रामेश्वर को ऑफ़िस अपना नहीं पराया मालूम होने लगता है। सहसा उसकी आँखें काम से उचाट खाकर पेड़ों की ओर मुड़ जाती हैं।

यही वह क्षण होता है जब रामेश्वर दफ़्तर से घर की राह लेने का फ़ैसला किया करता है। लेकिन आज वह उठ नहीं पा रहा है। उसे जम्हाई-पर-जम्हाई आ रही है। पर अँगड़ाई तक आज बेजान है। सन्तोष नहीं दे रही है। किसी मानसिक अवरोध से, वह अधूरी ही रह जा रही है।

''छोड़ो...साहब, आज तो जो होना होगा सो होगा।''

रामेश्वर को यह आवाज़ आश्रय देती-सी मालूम होती है। सोचता है—कुरसी से उठ पड़े। कचहरी के घेरे को पार करके खुली सड़क पर चलने लगे।

''आप फ़िज़ूल तकलीफ़ कर रहे हैं। ऐसे कौन-से वे लाट साहब हैं...कल भी जवाब दिया जा सकता है। केस की तो आपने पूरी स्टडी कर ही ली होगी।''

कमरे में साँझ की मीठी उदास और घनी छायाएँ फैल चुकी हैं। आसपास, काग़ज़ों के गट्ठों से लदे टेबल, क्लर्कों के घर चले जाने के कारण और ज़्यादा निरर्थक नज़र आ रहे हैं।

रामेश्वर के सामने उसका सहायक वर्मा खड़ा था। नाटा, इकहरा, साँवला कुरूप व्यक्ति जिसकी नाक अन्त में बहुत मोटी होकर ऊपर उठ गयी थी। उसकी आँखों में सुखद हँसी चमक रही थी।

उस उल्लासपूर्ण चमक से कुछ चिढ़कर किन्तु भाव प्रकट न करते हुए रामेश्वर ने कहा, ''अब तो चाय का भी बन्दोबस्त नहीं हो सकता...''

चपरासी घर को रवाना हो चुका था। दूसरे कमरे में फ़र्राश मेहतरानियों को ज़ोर-ज़ोर से कुछ कह रहा था। असिस्टेण्ट ने चिल्लाकर उसे चाय लाने का आदेश दिया। फ़र्राश बड़बड़ाता हुआ होटल की ओर चल पड़ा।

चाय की आशा ने रामेश्वर को कुरसी से और भी चिपका दिया।

वर्मा मन-ही-मन हँस रहा था। आखिर यह वही अफ़सर है जिसे अपने मातहतों की छोटी-सी ग़लती को पहाड़ बनाकर दिखलाकर अपनी विलक्षण बुद्धि का परोक्ष और विनम्र परिचय देते रहने की आदत पड़ गयी थी। माना कि वह आदमी अच्छा था। किसी का नुकसान करने की प्रवृत्ति उसमें न थी। किसी के पेट पर पाँव नहीं रखता था। यह सब होते हुए भी, जो वह नहीं था सो भी महत्त्वपूर्ण था। आज यह नाटा, कुरूप सहायक इस अडिग अफ़सर को परेशान देखकर मन-ही-मन हँस पा रहा था।

तिरछी काट का पैंतरा साधता हुआ वह बोला, "है क्या, साहब, इसमें ! आप तो मुंशी हैं। आपके एक्सप्लेनेशन को भला कोई काट सकता है।"

बात सच थी। यद्यपि रामेश्वर को कॉलेज छोड़े सिर्फ़ एक ही साल हुआ था, फिर भी कचहरी के कामों में उसने इतनी महारत हासिल कर ली थी कि बड़े-बड़े अफ़सर भी दाद देने लगे थे। किन्तु अपने सहायक के इस फ़िकरे से वह खुश नहीं हुआ। उसमें अनावश्यक विनोद की ध्वनि सुनाई दी। वर्मा ने कुछ रुककर कहा, "कल सुबह भी तो यह दिया जा सकता है।"

रामेश्वर भभक उठा—"तुम कुछ जानते नहीं हो। आज शाम को यह तैयार हो जाना था। तुम कल तक की बात कह रहे हो। मेरा तो जी धक्-धक्..."

रामेश्वर ने जीभ काट ली। यह वह क्या कह गया अपने सहायक से !

अफ़सर के प्रच्छन्न पश्चात्ताप ने असिस्टेण्ट का प्रच्छन्न कुतूहल कुछ और भड़का दिया। रामेश्वर इतना बेचैन है, इसका अन्दाज़ा उसे न था। इस झंझट के पीछे राज़ है, यह समझ लेने के बाद राज़ मालूम करने के लिए कुतूहल दबाना और सहानुभूति बढ़ाना उसे ज़रूरी मालूम हुआ। ऑफ़िस में हर किसी को दूसरों के राज़ जानने की इच्छा हमेशा सताया करती थी। वे लोग हमेशा कानाफ़ूसीवाली नज़दीकी पर रहते हुए भी किसी के न थे। इनकी सारी जिजीविषा एक-दूसरे से मात्र इतना ही जानने पर केन्द्रित हो चुकी थी कि क्या जल रहा है। एक-दूसरे की पीठ-पीछे बुराई करना, बाक़ायदा कोई बेमतलब षड्यन्त्र करना इनका नियमित व्यापार था। तमाम शिक्षा-दीक्षा के बावजूद, आधुनिकता के तमाम ऊपरी लेपों के बावजूद इन्होंने अपने संस्कारों के प्रति सच्चे रहते हुए ऑफ़िस को मध्यमवर्गीय संयुक्त परिवार का दर्जा दे डाला था। इनमें कुछ तो निश्चयपूर्वक विघ्न-सन्तोषी थे, शेष विष-वमन से आगे बढ़ने का साहस नहीं कर पाते थे। प्रत्येक किसी-न-किसी गुट का था। गुट भी ऐसे, जिनका कोई स्थायी रूप न था। मित्रता और सन्धि के कोई प्राकृतिक नियम नहीं थे। गुट बनते-बिगड़ते रहते थे।

असिस्टेण्ट वर्मा के लिए अफ़सर रामेश्वर के गुट में शामिल होने का यह सुनहरा अवसर था। नाटकीय मुद्रा में उसने कहा, "जी धक्-धक् करता है। आखिर ऐसी कौन-सी बात है। एक्सप्लेनेशन तो रोज़ आया करते हैं। असली मुंशी तो वह—जो

किसी तरह का भी एक्सप्लेनेशन पूछा जाए, इस तरह जवाब दे दे कि पूछनेवाले के छक्के छूट जाएँ। मोटर-ट्रकों का इंचार्ज क्लर्क—वह कुलकर्णी। वह तो इस बात का दावा करता है कि चाहे जैसा ऐंडा-बैंडा एक्सप्लेनेशन हो, वह पूछनेवाले के होश ठिकाने कर दे। सिर्फ़ मज़मून की बात है। और फिर आपके कई अफ़सर दोस्त हैं। कोई आपका बाल-बाँका नहीं कर सकता।''

आखिर का वाक्य वर्मा ने जान-बूझकर टोह लेने के लिए कहा। रामेश्वर मूर्ख न था कि वह यह न समझे कि उसकी निर्बलता की स्थिति से वर्मा को थोड़ा-सा ही सही बल मिला, यद्यपि उस बल का प्रतिकूल उद्देश्य न था। रामेश्वर को पल-भर के लिए ही यह भ्रम हुआ कि जवाब का सही और ग़लत होना सिर्फ़ मज़मून पर और मज़मून-तराशी के हुनर पर ही निर्भर है। किन्तु भावनात्मक रूप से अपनी निस्सहायता को पुनः अनुभव कर वह कहने लगा, ''नौकरी में, वर्मा साहब, कोई किसी का न दोस्त है, न दुश्मन। जब किसी पर आ बनती है तब कौन अपनी गरदन फँसाकर दूसरों की मदद करता है।''

''पर आप कौन-से ऐसे संकट में फँस गये हैं, हुज़ूर।'' वर्मा जानने के लिए व्याकुल हो उठा। एक राज़ पर दूसरे राज़ खुलने की सम्भावना से वह आनन्दित हो गया।

इतने में बूढ़ा फ़र्राश चाय ले आया। वह भी मानो कुछ सुनने के लिए चुपचाप खड़ा रहा।

''रखो, रखो ! टेबल पर रखो और जाओ !'' वर्मा ने जल्दी-जल्दी उसे रुख़सत किया और वह कान लगाकर कहने लगा, ''हाँ, साहब।''

रामेश्वर चुपचाप चाय पीता रहा। प्याला खत्म करके बोला, ''आजकल तुम जानते हो, सुपरिण्टेण्डेण्ट और डायरेक्टर की दोस्ती है।''

''यह तो खैर, सूरज की धूप की मानिन्द साफ़ है,'' वर्मा ने कहा।

''और तुम यह भी जानते हो कि असिस्टेण्ट डायरेक्टर की सुपरिटेण्डेण्ट से अब तक दोस्ती थी।''

''यानी !'' वर्मा ने बनावटी आचर्श्य से ओतप्रोत हुए कहा।

''यानी यह कि ए. डी. शुक्ला साहब की सुपरिण्टेण्डेण्ट से दोस्ती खत्म हो गयी—अब दुश्मनी है।'' उक्त वाक्य रामेश्वर ने इस प्रकार कहे मानो वह एक नये समाचार का ऐटम बम वर्मा के ऊपर छोड़ रहा हो।

वर्मा ने आश्चर्य का नाटक बहुत खूबी से किया। मानो उसे बिजली का करेण्ट छू गया हो।

वर्मा की इस मुद्रा से प्रोत्साहित होकर रामेश्वर बोले, ''अब तुम समझ जाओ आगे की पूरी बातें...''

वर्मा गरदन हिलाकर 'हूँ...हूँ...हूँ' किये गया। रामेश्वर चुपचाप बैठे कुछ सोचता रहा। फिर एक झटके के साथ रामेश्वर ने बस्ता बाँधकर आलमारी पर छप से फेंक

दिया। वर्मा ने फ़र्राश को दफ़्तर बन्द करने के लिए एक ज़ोरदार आवाज़ लगायी। और वे दोनों दरवाज़े के बाहर हो गये।

बाहर खुली हवा में आकर मात्र वातावरण के कारण वर्मा के बारे में रामेश्वर शायद यों आश्वस्त हो गया, मानो वे पुराने मित्र हों। हलका-मीठा अँधेरा, बड़े-बड़े दरख़्तों से छनता हुआ गिर रहा था। दूर, कोलतार की लम्बी सूनी सड़क पर बिजली के लट्टू परिकथाएँ सुना रहे थे।

रामेश्वर ने कहा, "अब तुम समझ गये न पूरा मामला।"

वर्मा ने कुछ हँसकर कहा, "आप समझाएँ और मैं न समझूँ। अपनी अक्ल पर तो मुझे कोई नाज़ नहीं है, लेकिन इन मामलों में आपका इशारा ही काफ़ी होता है। सुपरिण्टेण्डेण्ट का गुर्गा, गुप्तचर और आज्ञाकारी मित्र है शर्मा, जो मेरा सहयोगी यानी आपका असिस्टेण्ट है और आपका उससे छत्तीसवाला ही हिसाब है। मगर साहब मानना पड़ेगा, आपने उसे निबाहा खूब..."

रामेश्वर के कानों में एक हलकी, दबी हुई शिकायत की गूँज भर उठी। पल-भर उसके रहस्य को वह समझ नहीं पाया। किन्तु उसके तुरत बाद, मानो घण्टे के ठोके उसके दिल में पड़े हों, एक आगाह करती हुई चोट उसके हृदय में स्वरित हो गयी।

रामेश्वर ने चालाकी से वर्मा से पूछा, "हाँ, मैंने शर्मा को निबाहा, निबाहना ही पड़ा। किन्तु इसकी अच्छाई किसके पल्ले ?"

वर्मा ने सरल भाव से जवाब दिया, "आपके पल्ले, आपकी इनसानियत के पल्ले, और आपके लाजवाब व्यवहार-कौशल के पल्ले।"

रामेश्वर को वर्मा का कथन कूटनीतिक प्रतीत होते बच गया। खुशामद का एक अंग भी वह नहीं मालूम हुआ क्योंकि वस्तुतः वह खुशामद नहीं थी। दुनिया को ज़ाहिर था कि रामेश्वर अपने पास शर्मा को रखकर न केवल अपनी कर्मण्यता वरन् घोर सहनशीलता का परिचय दे रहा है। रामेश्वर को वर्मा के कथन में अंशतः अतिरंजना मालूम हुई।

चालाकी सफल होते देखकर रामेश्वर ने मीठे स्वर में कहा, "उसकी अच्छाई तुम्हारे पल्ले, क्योंकि उसकी सफलता तुम्हारे ऊपर निर्भर थी।" रामेश्वर ने बड़े प्यार से वर्मा के कन्धे पर अपना हाथ रख दिया।

वर्मा बाग़-बाग़ हो उठा। अफ़सर से अपनी तारीफ़, चाहे वह थोड़ी ही क्यों न हो, किसे खुश नहीं करती। फिर वह तारीफ़ झूठी भी नहीं थी। सिर्फ़ उसमें रामेश्वर का छिपा पैंतरा था।

रामेश्वर वास्तव में वर्मा की क़ीमत पर शर्मा को निबाह रहा था। उसे यह भय था कि कहीं वर्मा उससे बग़ावत न कर बैठे। किन्तु रामेश्वर के सामने वर्मा अपनी पारिवारिक स्थिति के कारण बहुत ही मजबूर और बेसहारा था। वह बग़ावत नहीं कर सकता, यह रामेश्वर की जानकारी के बाहर की बात थी। वह इसीलिए वर्मा की चुस्ती

और फुरती से शंकालु हो उठता था।

रामेश्वर ने मानो वर्मा के मन की बात कर दी थी। शर्मा को स्वच्छन्द छोड़कर वर्मा पर ही सारा भार रामेश्वर डालता रहा।

एक ठण्डा, सुगन्धित झोंका आया। अफ़सर और असिस्टेण्ट दोनों ने सुनसान दूरियोंवाली उस डगर पर अपने-आपको एक-दूसरे के बहुत निकट पाया। तभी रामेश्वर के शान्त मन में चिन्ता की उद्विग्नता, तीखी लकीर-सी खिंच गयी। उसने वर्मा के कन्धे को थपथपाकर कहा, ''मैं तो शर्मा को अपने पास रखना ही नहीं चाहता, किन्तु उस तुनुकमिज़ाज चिड़चिड़े ए. डी. ने मेरे विरोध की ओर ध्यान न देते हुए मुझ पर उस आदमी को थोप दिया।''

''कितने आश्चर्य की बात है, जो आपका विरोधी और प्रतिस्पर्धी था, वही आपके मातहत रख दिया गया।''

''यही तो मुसीबत है।'' रामेश्वर ने जवाब दिया।

''लेकिन...शर्मा काम भले ही न करे, या मन लगाकर न करे, वह आपके पक्ष में है।''

''यही तो मुसीबत का मुख्य कारण है।''

वर्मा ने रामेश्वर की ओर सवालिया नज़र डाली। वह रामेश्वर के उत्तर का आशय ठीक-ठीक समझ नहीं पाया। ''क्या मतलब ?'' वर्मा के मुँह से निकल गया।

अपना जवाब लम्बा-चौड़ा होगा, यह सोचकर रामेश्वर लगभग चुप रहा। वर्मा ने अटकल आजमायी, ''क्या शर्मा ए. डी. साहब का सी. आई. डी. बन गया है ?''

रामेश्वर ने रहस्यात्मक तौर से मुसकराकर कहा, ''नहीं। है तो वह सुपरिण्टेण्डेण्ट का आदमी, और सुपरिण्टेण्डेण्ट आजकल मेरे पक्ष में हैं। अब वह मुझे कॉन्फिडेंस में ले रहा है।''

वर्मा आधे पल के लिए उलझन में पड़ गया। किन्तु, तुरत बाद एक असम्भव-सा विचार-बिन्दु उसके मन में तेज़ी से विशाल आकार लेने लगा। वर्मा अपने-आपको रोक नहीं सका, ''तो कहने का मतलब यह है कि ए. डी. आपके खिलाफ़ हो गया है ?'' वर्मा ने चिन्ता प्रकट करते हुए कहा।

''हाँ'', एक छोटा-सा संक्षिप्त उत्तर किन्तु खतरों की सम्भावना प्रकट करता हुआ।

''क्यों'' वर्मा का सवाल, सीधा, बन्दूक़ की गोली-सा तेज़।

''इसलिए कि मैं शर्मा को कुछ नहीं कहता।''

''पर, इसका उन्हें कैसे पता चला ? काम तो बराबर हो रहा है।'' वर्मा ने विस्मय प्रकट करते हुए कहा।

''ए. डी. को सुपरिण्टेण्डेण्ट से लड़ना है। शर्मा को निशाना बनाकर।''

''तो, दो पाटों के बीच में आप पिस रहे हैं।...बुरे फँस गये।''

थोड़ी देर तक वे शान्त और चुप रहे। वे अब सड़क पर आकर थोड़ी दूर चल

चुके थे।

"पर केस क्या है...?" वर्मा ने काफ़ी उद्विग्नता से पूछा। और उसने रामेश्वर की ओर देखा।

रामेश्वर अत्यन्त गम्भीर था। उसके चलने में एक शिथिलता थी, एक लड़खड़ाहट थी। कम-से-कम वर्मा को यही प्रतीत हुआ। वर्मा को लगा मानो रामेश्वर की जीभ मुँह के अन्दर समा गयी हो—उसे लकवा मार गया हो।

रामेश्वर के मन में सहसा इतनी थकान भर उठी थी कि वह वर्मा से कहना चाहता था कि मुझे किसी ताँगे या रिक्शे में डालकर घर पहुँचा दे। किन्तु वर्मा को रामेश्वर के मन में आयी हुई वेदना की इस सघनता का पता न मिल सका। रामेश्वर की चुप्पी को देखकर वह मामले की गम्भीरता का ही अन्दाज़ा लगा सका। इसलिए उसने उत्सुक होकर फिर एक बार रामेश्वर से पूछा, "केस है क्या ?"

रामेश्वर ने वर्मा की ओर न देखते हुए, मानो वह उससे नहीं वरन् आसमान से या किसी अचेतन पदार्थ से आत्म-निवेदन करना चाहता हो, कहा, "एक बड़ी महत्त्वपूर्ण फ़ाइल थी। आज से दो महीने पूर्व वह आयी थी। आज निबटाता हूँ, कल निबटाता हूँ, सोचते-सोचते मेरे दिमाग़ से वह बिलकुल ग़ायब हो गयी और तीन या चार दिन बाद ही वह मेरे कमरे से भी नदारद हो गयी। मैंने सब दराज़ों में, अलमारियों में चुपचाप खोज तलाश की, पर वह ग़ायब की ग़ायब। सुपरिण्टेण्डेण्ट से कहना मैंने ठीक नहीं समझा। क्योंकि एक तो वह न केवल मेरे खिलाफ़ मामला तैयार कर देता, वरन् बदनामी भी करता। यद्यपि वह मुझे विश्वास में लेता है, मैं कभी उस पर विश्वास नहीं कर सकता।"

"फिर क्या हुआ ?" वर्मा ने कहानी सुनते हुए बालक के अन्दाज़ में पूछा।

रामेश्वर बोले, "मैंने ए. डी. को जाकर पूरा क़िस्सा सुना दिया। उसने मुझे सलाह दी कि मैं फ़ाइल खो जाने की रिपोर्ट कर दूँ। लेकिन फ़ाइल खो जाने की रिपोर्ट मैंने तैयार नहीं की। उस फ़ाइल में कुल एक ही तो पेपर था। ए. डी. ने कोई एक्सप्लेनेशन माँगा था। मैंने सोचा, जब ए. डी. को मालूम हो गया है कि फ़ाइल खो गयी तो अपने नोट की कापी भेज देगा। इसलिए मैं चुप बैठ गया।"

कुछ देर चुप रहने के बाद रामेश्वर ने कहा, "शर्मा का इस एक्सप्लेनेशन से कोई सरोकार नहीं था, फिर भी परिस्थितिवश बात जा पड़ती है शर्मा पर ही। ए. डी. शर्मा को हमेशा सन्देह की दृष्टि से देखता रहा। मौक़ा पाते ही, वह उसपर टूट पड़ना चाहता था। उसने खुले तौर पर मुझसे कई बार कहा कि शर्मा के खिलाफ़ रिपोर्ट करो, कार्रवाई करूँ। पर मैं जानता था कि शर्मा को सुपरिण्टेण्डेण्ट का आसरा है। ए. डी. को मालूम हो चुका था कि मैंने फ़ाइल खो जाने की रिपोर्ट नहीं की। वह उसने मेरी ज़बानी सुना और जवाब तलब करते हुए बात आगे बढ़ा दी। डायरेक्टर को इसकी सूचना कर दी।"

वर्मा ने पूछा, ''डायरेक्टर ने आपको बुलाया था ?''

रामेश्वर ने घोंघरे स्वर में कहा, ''हाँ। अब मामला संगीन हो गया है...''

वर्मा को रामेश्वर पर पहले तरस आया, फिर गुस्सा। फ़ाइल गुम हो जाने पर रामेश्वर ने तुरत रिपोर्ट क्यों नहीं की ?

वर्मा बोल पड़ा, ''वह फ़ाइल शर्मा ने ही ग़ायब की होगी, सुपरिण्टेण्डेण्ट के कहने से।''

जवाब में वर्मा को रामेश्वर का वेदनापूर्ण स्वर सुनाई पड़ा, ''हाँ, मेरा भी यह सन्देह है।''

फिर वर्मा स्वयं में लीन हो गया। रामेश्वर ने ए. डी. से रिपोर्ट क्यों नहीं की। शर्मा पर सारी बात थोप देने में इतनी हिचक क्यों हुई। शर्मा से वह डरता है इसलिए कि वह सुपरिण्टेण्डेण्ट से डरता है, पर सुपरिण्टेण्डेण्ट से भला वह क्यों डरता है ? वर्मा को सहसा महसूस हुआ कि वह लाख लाचार सही, इस दब्बू और डरपोक आदमी से दबना और डरना उसे शोभा नहीं देता। आदर्श अफ़सर आदर्श असिस्टेण्ट की निगाहों में अनावृत होने लगा। यह आदर्श अफ़सर संघर्ष से बराबर बचना चाहता है। इसके लिए चाहे उसे कितनी ही बड़ी क़ीमत देनी पड़े। किन्तु इससे, संघर्ष टलता नहीं, उसका रूप भले ही दूसरा हो जाए। उससे व्यक्तित्व दोमुँहा हो जाता है, जिसका हरेक मुँह एक-दूसरे का विरोधी और उसके अस्तित्व की अनुपस्थिति में विश्वास करनेवाला है। फिर वर्मा को लगा कि शायद ये रामेश्वर के नहीं, उसके ही व्यक्तित्व के पहलू हैं जो यों उभर आये हैं।

वे दोनों पास-पास चलते हुए भी इस तरह थे मानो अकेले लम्बा रास्ता तय कर रहे हों—वह रास्ता जिसका ओर न छोर। वर्मा को महसूस हुआ कि रामेश्वर के दब्बू स्वभाव से सबसे ज़्यादा नुक़सान उसका ही हुआ है। उसकी आँखों के सामने अपनी मजबूरी, कष्ट और अपमानों के चित्र तैरने लगे। शर्मा के द्वारा हुए अपमान, जिसका कारण रामेश्वर की कूटनीतिक छद्म निर्बलता थी, उसे विशेषतः असह्य हो उठे और वह अन्दर-ही-अन्दर कुढ़ने लगा।

भौंहों के पसीने को पोंछते हुए रामेश्वर ने आह भरकर कुछ सोचते हुए कहा—''बड़ा लम्बा, बड़ा भारी संघर्ष है।'' रामेश्वर यों बोला मानो उसने अपनी ज़िन्दगी के रूप पर निर्णय दे दिया हो।

''पर, आप तो क्रान्तिकारी हैं।''

''क्रान्तिकारी ?'' चौंककर, अप्रिय भाव से रामेश्वर बुदबुदाया, मानो उसने अपने-आपसे ही कुछ कहा हो। फिर उसने विचित्र दृष्टि से वर्मा की ओर देखा। फिर पूछा, ''क्या कहा ?''

''अच्छा, मैं अपने-आपको करैक्ट कर लेता हूँ, अवसर-प्राप्त क्रान्तिकारी।'' वर्मा क्रूरतापूर्वक ज़ोर से हँस पड़ा।

"मार खाना चाहते हो।" मज़ाक़ के तौर पर लेकिन तमाचा जड़ने के खयाल को दबाते हुए रामेश्वर ने कहा।

वर्मा ने व्यंग्य से मुसकराकर कहा, "क्रान्तिकारी शब्द से क्यों डरते हैं आप ? हम सभी क्रान्तिकारी हैं—नामहीन क्रान्तिकारी।"

"मैं उस शब्द से नहीं डरता, क्योंकि एक समय था जब मैं उस शब्द को अपना विशेषण मानता था।"

इस पर, वर्मा अनावश्यक रूप से किन्तु साभिप्राय हँसा।

इस हँसने से रामेश्वर भयानक रूप से चिढ़ गया। उसकी इच्छा हुई कि वह वर्मा की गरदन पकड़ ले और उसे ज़मीन पर दे मारे। उसने वर्मा के कन्धे पर हाथ रख दिया मानो मौक़ा पाते ही गरदनिया दे देगा।

पल-भर की चुप्पी के बाद रामेश्वर ने कहा, "मैं किसी शब्द से नहीं डरता। लेकिन मैं अब सरकारी नौकर हूँ। पेट की गुलामी कर रहा हूँ, आत्मा को बेचकर। किसी वेश्या को सुहागन कहने से उसका अपमान ही होता है। वैसा अपमान तुम कर रहे हो मेरा... और वह भी आज इस मौक़े पर..." रामेश्वर को फूट-फूटकर रोने की इच्छा होने लगी। वर्मा के कन्धे पर से हाथ हट गया और शिथिल होकर नीचे लटकने लगा।

किन्तु वर्मा को इसकी कोई खबर न थी। उसने अपनी टेक पर अड़े रहकर कहा, "आपने अपनी आत्मा ही बेची है या इनसानियत भी ? इनसानियत का मतलब है इनसान के लिए लड़ना और आप लड़ने से डरते हैं। खयाल भले ही आपके ऊँचे हों, ईमान से आप दूर हैं। सुपरिण्टेण्डेण्ट से लड़ाई टालने के लिए आपने शर्मा को छूट दी। ए. डी. से लड़ना टालने के लिए आपने मुझे काम में पीसा, सिर्फ़ इसलिए कि मैं मजबूर और ग़रीब आपके कहने में था, आपकी भलाई का क़ायल था। आपने मेरे भूखे बच्चों को नहीं देखा। पर सुपरिण्टेण्डेण्ट की छल-छद्म से भरी आँखों को ज़रूर देखा। अच्छे रईस खानदान के लाड़ले पुत्र शर्मा को प्रमोशन दिलाया और मैं उससे सीनियर और हर तरह से हक़दार होते हुए भी रह गया। आपके आदर्श जिस बेईमानी को बुरा बताते हैं, आपका डर उसकी ही गुलामी करता फिरता है। यह ठीक है कि आप उन आदर्शों की खातिर ही बुरी तरह काम में पिसते रहते हैं। लेकिन मुझे पीसने का आपको या आपके आदर्शों को क्या हक़ था ?"

वर्मा यह कहता हुआ काँप रहा था, फिर उसे अपने कहे पर कँपकँपी छूट गयी। उसने फ़ौरन विदा लेने में ही भलाई समझी।

सामने से आकर एक दूसरी सड़क इस सड़क से मिल गयी थी। भूरी सड़क थी वह मिट्टी की, कोलतार की नहीं। वहीं एक छोटा नीम का पेड़ था। उसकी झूलती हुई शाखाओं के नीचे एक पानवाले की गुमटी थी।

"पान तो खा लो।" एक खट्टी हँसी हँसते हुए रामेश्वर ने कहा।

वे दोनों उस घुमटी के पास चुपचाप निस्तब्ध अपने-अपने अन्तर्जीवन में लीन और भूत की मानिन्द अकेले-से खड़े रहे। यद्यपि वे पान के इन्तज़ार में गुमटी के सामने खड़े थे, पान का खयाल उनके दिमाग़ से बिलकुल ग़ायब था।

उन्होंने यन्त्रवत् पान का बीड़ा उठाया और मुँह में डाल लिया और अपने अलग-अलग रास्तों पर चल पड़े।

सतह से उठता आदमी

अजीब घर है जिसके पिछले छज्जे पर बैठकर लगता है, चारों ओर सटे हुए मकानों की दीवारें, छतें, ज़ीने, खिड़कियाँ सिर्फ़ ज्यामितिक आकृतियाँ बना रही हैं।

कन्हैया धूल-से भरे टेबल के पास कुरसी पर बैठा एक रद्दी काग़ज़ पर उन सटे हुए मकानों की ज्यामितिक आकृतियाँ बनाता जा रहा है।

खूब धूप खिली हुई है, जिनसे वे मकान नहाये हुए-से हैं, और उनके कत्थई, सफ़ेद, राख जैसे, काले साँवले रंग उभरकर निखर उठे हैं। कन्हैया को लगा कि हाँ इन मकानों की आकृतियों में पलनेवाला आदमी अरूप चित्रकार होगा, नहीं तो क्या !

इतने में एक पीले दुबले चेहरेवाली लड़की चाय ले आती है। चाय से भाप उठ रही है। ऐसे सुनहले समय ऐसी बढ़िया चाय !

वह प्रसन्न हो जाता है। लड़की का झम्पर फटा हुआ है, और फ्राक भी। लेकिन, कन्हैया को कुछ महसूस नहीं होता। क्योंकि वह जानता है कि यद्यपि वह एक प्राइमरी टीचर का घर है, फिर भी उसका यह अपना मकान है, पास के गाँव में सड़क से लगकर उसके खेत हैं, और घर में छह महीने का गेहूँ, चावल, दाल और गुड़ भरा हुआ है। हाँ, यह ज़रूर है कि ये लोग क़ीमती शहराती कपड़े नहीं पहनते, या कम पहनते हैं। लेकिन, उनका भोजन अच्छा और रुचिकर होता है।

उसका अपना खयाल है कि कुछ रोज़ में वह मास्टर साहब के पास पाँच सौ रुपये उधार लेने का प्रस्ताव भी रखेगा (क्योंकि आखिर ये लोग ब्याज-बट्टा भी तो करते हैं)।

चाय पीने के बाद कन्हैया ने अपनी क़ीमती पैण्ट पर टेरीलिन की बुश्शर्ट पहनी, जल्दी-जल्दी कंघा किया। तेज़ उतारवाले ज़ीने पर सँभलकर पैर जमाते हुए, नीचे के आँगन में पहुँचा, जो बहुत गीला था, क्योंकि वहाँ बरतन मले जाते और वहीं नहाया जाता था। एक पुराने ढंग के ठिंगने दरवाज़े को पार करके वह तंग गली में घुसा। यह गली मकानों की पीठों को देखती हुई बढ़ रही थी। वह किसी दूसरी गली से जाकर मिली—एक टूटी-फूटी सड़क से, जिसकी छाती पर की गिट्टी उखड़ रही थी।

कन्हैया खुश था। खूब धूप छायी थी। नौ का वक़्त था। वह लम्बे डग बढ़ाते

हुए आगे बढ़ने लगा।

लगभग चार फर्लांग पर, पूरब की ओर, उसे एक बँगला-नुमा घर मिला। वह खड़ा हुआ और पुकारने लगा, "कृष्णस्वरूप साहब, कृष्णस्वरूप !"

बहुत पुकारने के बाद, पैण्ट पहने हुए बड़े पेटवाला एक आदमी दरवाज़े पर दिखाई दिया। उसके हाथ में फूलों का एक गुलदस्ता था। और पास में पन्द्रह साल की लड़की, जो आसमानी साड़ी पहने हुए बहुत खूबसूरत दिखती थी—दोनों कोई बातचीत करते हुए दरवाज़ा खोलने आये थे।

कन्हैया ने उन्हें नहीं पहचाना। उसने सड़क पर से ही कहना चाहा, मैं कृष्णस्वरूप साहब से मिलना चाहता हूँ। लेकिन वह उस लड़की की ओर ही देखता रहा। वह लड़की खूबसूरत नहीं थी। उसके लाल टमाटर जैसे गाल बुरे लगते थे। बाल उलझे हुए और अस्त-व्यस्त थे।

क्षणभर लगा कि यह कृष्णस्वरूप का घर नहीं हो सकता, ये लोग कोई और हैं कि इतने में एक ज़ोरदार हँसी के साथ आवाज़ फूट पड़ी, "ओफ़्फ़ो, तुम कब आये ? भई, वाह !"

तब कन्हैया को लगा कि वह कृष्णस्वरूप ही है। वह मारे खुशी के आगे बढ़ा और दोनों दोस्तों की आँखें एक-दूसरे पर गड़ा-गड़ाकर देखने लगीं। और फिर वे एक-दूसरे के बग़ल में पहुँच गये।

कन्हैयालाल के चेहरे पर खुशी आयी हुई थी। बढ़िया चाय और नाश्ता कर चुकने के बाद, उसका बदन हलका-सा हो गया था। उसे इस कमरे का वातावरण बहुत अच्छा मालूम हुआ। दीवारें नीली थीं, खिड़कियों पर नीले परदे लगे हुए थे। एक छोटे-से खुशनुमा स्टूल पर रेडियो रखा हुआ था और रेडियो पर भी परदा था। एक ओर नीले रंग का उषा फ़ैन रखा हुआ था। खिड़कियों और दरवाज़ों से, बावजूद परदों के धूप आ रही थी। वह स्वयं गद्देदार बढ़िया कोच पर बैठा था और सामने एक छोटी टेबल रखी हुई थी, जिस पर एक सुन्दर ऐश-ट्रे थी, और वह सिगरेट पीता हुआ वहाँ बैठा था।

कन्हैया जहाँ बैठा था वहाँ से ठीक सामने के दरवाज़े में से आँगन का एक हिस्सा दिखता था। हाँ, यह सही है कि दायें ओर के बाज़ू से जो आँगन का हिस्सा दीखता है, जहाँ एक टूटी हुई खाट पड़ी है और एक पुरानी अलमारी भी वहाँ है जिसकी लकड़ियाँ सड़कर झूल गयी हैं। साथ ही, एक पुरानी सिगड़ी ज़ंग लगी हुई पड़ी है। एक अजीब अस्तव्यस्तता और टूटे-फूटेपन का भान वहाँ हो रहा है।

कन्हैया को लगता है कि पिछली ज़िन्दगी का वह हिस्सा है। उस पिछली ज़िन्दगी का तब कृष्णस्वरूप बिलकुल ग़रीब था, वह अस्त-व्यस्त दृश्य उस पुरानी ग़रीबी और पिछड़ेपन का ही तो प्रतीक है ! पुराने और सामने दिखनेवाले इस नये का योग कन्हैया को भला मालूम हुआ।

कृष्णस्वरूप काम से ज़रा बाहर चला गया था। कन्हैया, उस नीले एकान्त में, सपनों में खो गया। लगभग बीस साल पहले कृष्णस्वरूप की कैसी दुर्दशा थी ! कन्हैया ने उसे एक बार पाँच रुपये उधार दिये थे, जिन्हें कृष्णस्वरूप ने कभी वापस नहीं किया। आज उसी कृष्णस्वरूप के घर में सोफ़ा-सेट है, उषा फ़ैन है—रेडियो है। भई वाह ! उन दिनों कृष्णस्वरूप रोज़ 'गीता' पढ़ता था और आत्मनियन्त्रण के अनेक उपाय किया करता था।

घर में उसके झगड़ा रहता था। बीवी उससे चिढ़ती थी। उससे अनबन, उससे तनाव, हरेक अपने दुःख का कारण दूसरे में ढूँढ़ता। और कृष्णस्वरूप कहता था कि हरेक का अपना व्यक्तिगत इतिहास है, और हरेक के व्यवहार का अपना-अपना औचित्य है। हर आदमी एक-दूसरे की परिस्थिति है, एक-दूसरे का परिवेश है। हरेक आदमी फ़ासलों में खोया रहता है। कौन ग़लत है, कौन सही—इसका निर्णय नहीं हो सकता। यानी ऐसे निर्णय में बौद्धिक कल्पना की आवश्यकता होती है।

वही यह कृष्णस्वरूप जो कहता था कि त्याग और आत्मदमन ही जीने का एकमात्र उपाय है। क्यों ? इसलिए कि 'पैर उतने ही पसारो, जितनी चादर है' यह सिद्धान्त था उसका। सिद्धान्त अपनी जगह सही था। लेकिन, इसके औचित्य के लिए वह फ़िलॉसफ़ी लाता था। वह कहा करता था 'चाहिए, चाहिए, चाहिए' ने सत्यता को विकृत कर डाला है, मनुष्य-सम्बन्ध विकृत कर दिये हैं। तृष्णा बुरी चीज़ है। हमारा जीवन कुरुक्षेत्र है। वह धर्मक्षेत्र है। एक योद्धा होना चाहिए। आसक्ति बुरी चीज़ है।

लेकिन, कभी-कभी कृष्णस्वरूप अपने आध्यात्मिक उच्चता-भाव को छोड़कर नीचे आ जाता। वह कन्हैया से चुपचाप कहा करता। उससे मनोविग्रह पाता। होटल में चाय पीता है, और अपनी बीवी की आँख चुराकर, किसी कोने में छिपाकर रखे पैसे झटक लेता है। यह बुरी चीज़ है। लेकिन, वह क्या करे ! केवल ज्ञान काम में नहीं आता। उन दिनों कृष्णस्वरूप कन्हैया को कहा करता :

> 'जानामि धर्मं न च मे प्रवृत्तिः,
> जानाम्यधर्मं न च मे निवृत्तिः।
> केनापि देवेन हृदिस्थितेन,
> यथा नियुक्तोऽस्मि तथा करोमि ॥'

हाँ, उन दिनों कृष्णस्वरूप यह भी कहता था कि उसके स्वप्न में शंकराचार्य, महात्मा योगी और जवाहरलाल भी आते हैं। कृष्णस्वरूप सचमुच कन्हैया को प्रभावित करता था। लेकिन, किस ढंग से !

हाँ, यही तो बात है उसकी फ़िलॉसफ़ी की ज़रूरत थी, इसलिए उसका जीवन दुर्दशाग्रस्त था। अपने मन को मज़बूत बनाने के लिए फ़िलॉसफ़ी के पलस्तर की ज़रूरत थी। ऐसी फ़िलॉसफ़ी कन्हैया को हमेशा अप्राकृतिक मालूम हुई।

क्यों मालूम हुई ! इसलिए कि कृष्णस्वरूप बड़ा ही हिसाबी आदमी था। खाने का तेल—सेर भर अगर नियत समय के पहले ख़र्च हो जाए तो वह बड़ी कड़ाई से पेश आता था। हर चीज़ वह घर में गिनकर और तौलकर रखता था। यहाँ तक कि अगर उसके किसी बालक ने घी ले लिया तो वह डाँट देता था। अचार की एक फाँक अगर किसी ने ज़्यादा ले ली, तो वह भभकता है। अपने बच्चों का खाना उसकी आँखों में आ जाता था।

ऐसा था कृष्णस्वरूप ! लेकिन, आज ? वह ख़ुशहाल तो है ही, ख़ुशहाली से कुछ ज़्यादा है। उसकी चाल-ढाल बदल गयी है। वह मोटा हो गया है। पेट निकल आया है। ढाई सौ रुपये का सूट पहनता है। सम्भवतः उसके पास इस तरह के कई सूट होंगे !

इनकमटैक्स की नौकरी सचमुच बड़ी अच्छी होती है। काश, कन्हैया भी उसी ऑफ़िस में काम करता !

इतने में कृष्णस्वरूप बाज़ार से बहुत-सी चीज़ें लाकर सीधे रसोईघर में चला गया। वहाँ स्त्री से उसकी कुछ बक-झक सुनाई दी। वह वहाँ से फ़ौरन लौट पड़ा। और ड्राइंग-रूम में आकर कन्हैया से कहने लगा, ‘‘लीजिए, वह आपके सामने आती ही नहीं, उसे अभी भी शर्म मालूम होती है।’’

‘तुम क्यों आधुनिक बनाने पर तुले हुए हो !’—यह कहना चाहा था कन्हैया ने; लेकिन, कहा नहीं। सिर्फ़ मुसकराकर रह गया।

इसके बाद, कृष्णस्वरूप ने बड़े उत्साह और उत्कण्ठा से कन्हैया को अपने पूरे मकान में घुमाया। एक रसोईघर और आँगन छोड़कर, वे सब कमरों में घूम आये। कृष्णस्वरूप उत्साह से दाँव बताता गया। कन्हैया भद्र सज्जन की भाँति, तारीफ़ करता रहा। और अन्त में, वे ड्राइंगरूप में चले आये उससे लगे हुए एक कमरे में रेफ़्रीजरेटर था, वार्डरोब था। ड्राइंगरूम में कोच पर बैठने ही जा रहा था कन्हैया कि उसने कहा, ‘‘नहीं, नहीं, यह कमरा भी देख लो !’’

शालीनतावश, कन्हैया उठा और उस छोटे कमरे में भी गया। वहाँ बिलकुल सफ़ेद रेफ़्रीजरेटर भी रखा था। और उसके पास ही वार्डरोब खड़ा था। वार्डरोब सचमुच बड़ा अच्छा था। कृष्णस्वरूप ने कहा कि उसने उसे सेकेण्डहैण्ड ख़रीदा है सिर्फ़ डेढ़ सौ में, जब कि उसकी आज की क़ीमत आठ सौ रुपये है ! यहाँ की रियासत की भूतपूर्व रानी ने जब अपने महल का फ़र्नीचर बेचा तब हमें किफ़ायत से बहुत-सी चीज़ें मिल गयीं। उसके काम भी तो बहुत से किये थे। लेकिन उसके दीवान की कृपा से सस्ते में सब चीज़ें पा गये।

कृष्णस्वरूप ने वार्डरोब खोलकर बतलाया। सचमुच उसके अन्दर कई ऊनी और सादे—लेकिन, सब क़ीमती, कोट और टाई और पैण्ट लटक रहे थे। लेकिन उसमें उसकी कोई साड़ी न थी।

कन्हैया वार्डरोब के भीतर के कपड़े देखकर सचमुच प्रसन्न हो गया। एक ज़माना था जब कृष्णस्वरूप फटेहाल घूमता था। सर्दी में ठिठुरता था, सिर्फ़ जाँघिया पहने घर में घूमता था, और फटी सतरंजी ओढ़कर ठण्ड निकालता था। आज उसके पास पहनने का इतना सामान देखकर कन्हैया को सचमुच खुशी हुई। कम-से-कम उसने अपने बच्चों का भाग्य तो बनाया।

उसके उत्साह को देखकर कन्हैया ने कहा, "यार, एक रेडियोग्राम और खरीद लो, ज़रूरी है।"

कृष्णस्वरूप ने कहा, "नहीं, यार, पहले मैं एक कार खरीदूँगा। सरकार ने ऐसा कुछ झमेला लगा रखा है कि नयी कार के लिए बड़ा इन्तज़ार करना पड़ता है !"

कन्हैया ने कृष्णस्वरूप की पीठ थपथपायी, और फिर वह ड्राइंगरूम में पहुँचा कि इतने में एक घटना हो गयी।

एकदम बहुत क़ीमती और बढ़िया सूट पहने हुए एक भयानक आदमी ने ड्राइंगरूम में प्रवेश किया। उसकी सूरत देखते ही कृष्णस्वरूप को काठ मार गया। वह ज्यों-का-त्यों बुत की तरह खड़ा हो गया। उसकी आँखें फटी-सी रह गयीं और होठ कुछ बुदबुदाने-से लगे।

कन्हैया ने उस आदमी की शक्ल देखी और फिर कृष्णस्वरूप की हालत देखने लगा, किन्तु उसका अनुमान नहीं कर सका। उसने सोचा कृष्णस्वरूप का मूड बिगड़ गया है। बस, इतना ही।

लेकिन ज्यों ही उस भयानक आदमी ने कन्हैया को देखा, वह उससे मारे खुशी के झूल गया—"अरे वाह, कब आये, हमें मालूम ही नहीं था ! यार, दुबले हो गये !" कन्हैया को उसने बोलने ही नहीं दिया और खुशी का बेहद शोर करता चला गया। और फिर उसने कृष्णस्वरूप का हाथ पकड़ लिया और उसे भी ज़बरदस्ती कोच पर बैठा दिया। और फिर वह खुद बात करता रहा।

कन्हैया को इतना भर लगा कि वह कृष्णस्वरूप का मज़ाक़ उड़ा रहा है। बीच-बीच में कुछ ऐसी फबती कस देता है कि कृष्णस्वरूप गुमसुम हो जाता है। और वह है कि लगातार बात करता जाता है।

हाँ, उसकी बात में मज़ा आता है। भाषा पर उसका अच्छा अधिकार है। और ऐसा लगता है, जैसे दुनिया की हर चीज़ से उसका निजी सम्बन्ध हो। उसकी बात ज़ायकेदार और मज़ेदार है। बात में उसकी उद्दण्डता और तीखापन भी झलकता है। और एक बात साफ़ होती है कि उसके हृदय में कृष्णस्वरूप के प्रति असम्मान के भाव हैं। लेकिन, मज़ा यह कि उसके आगे कृष्णस्वरूप की तूती बन्द हो जाती है। वह हकलाने-सा लगता है। हाँ, एक बात साफ़ है, और वह यह कि वह कृष्णस्वरूप का गहरा दोस्त है, अगर ऐसा न होता तो कृष्णस्वरूप के अन्तर्मन की उसे इतनी ज़्यादा

जानकारी न होती। उसके सामने कृष्णस्वरूप दब्बू बनकर बैठा है। वह लगातार बोलता जा रहा है, बोलता जा रहा है।

इतने में फिर चाय आयी, नाश्ता आया।

कृष्णस्वरूप ने गला साफ़ करके सिर्फ़ इतना कहा, "लीजिए, साहब, इनकी भाभी ने (कृष्णस्वरूप की स्त्री ने) इन्हें देखते ही नाश्ता भिजवा दिया।"

"जी हाँ, और तुम होते तो मुझे घर से बाहर निकलवा देते, अबे साले !" और वह हँस पड़ा।

कृष्णस्वरूप ने अब हिम्मत करके और साथ ही आगन्तुक की खुशामद करके उसके विरोधी रुख को कम करने के लिए कहा, "भाई साहब, आज मैं जो कुछ हूँ, सिर्फ़ इनकी बदौलत, सिर्फ़ इनके कारण !"

आगन्तुक ने कृष्णस्वरूप द्वारा अपनी प्रशंसा को सम्भवतः अपने लिए अपमानजनक समझा, अथवा क्या ईश्वर जाने—वह भभक उठा और तेज़ी से कहा, "क्या बात करते हो, तुम मेरी कब से तारीफ़ करने लगे।"

इस घुड़की को सुनने के बावजूद, कृष्णस्वरूप ने गम्भीर भाव से कहा, "नहीं, मैं तुम्हारी खुशामद नहीं कर रहा हूँ। यह एक वाक़िया है। आज जो मैं इस हालत में पहुँचा हूँ, इसका कारण तुम हो।"

कन्हैया बारी-बारी से इन दोनों को देखता जा रहा था। उसे कुछ समझ में नहीं आ रहा था। एक बात साफ़ थी वह यह कि इन दोनों के रिश्ते ग़ैरमामूली हैं। लेकिन वे क्या हैं इसे समझना टेढ़ी खीर थी।

आगन्तुक सचमुच हतप्रभ था। शायद उसे भी यह बात नयी मालूम हुई। वह घड़ी भर चुप रहा और उसने गरदन नीची कर ली। और कहा, "लीजिए, चाय ठण्डी हो रही है।"

एकाएक शान्ति छा गयी। शोरगुल खत्म हो गया। कन्हैया सिर्फ़ चाय पी रहा था। उसका ध्यान सिर्फ़ पीने में था। कृष्णस्वरूप रामनारायण के बारे में—हाँ, उस भयानक आदमी का नाम रामनारायण ही था—सोच रहा होगा। किन्तु, आगन्तुक क्या सोच रहा था ?

एकदम बैठक बरखास्त हो गयी। आगन्तुक दरवाज़े के सामने नज़र आया। उसने बड़े अदब से कृष्णस्वरूप को सलाम किया और कहा, "जी हाँ ! फिर मुलाक़ात होगी। आपसे तो ज़रूर ! शाम को मिलूँगा।"

और तब कन्हैया ने देखा कि यद्यपि रामनारायण क़ीमती सूट पहने है, फिर भी मैला-कुचैला है, उस पर पान के दाग़ पड़े हैं। शायद, वह उसे पहनकर ही सोया होगा। कोट के नीचे कुरते का कॉलर फटा हुआ है और कोट के नीचे की जेब में एक काग़ज़ बाहर निकला जा रहा है।

सचमुच वह भयानक लगता था। चेहरे पर कम-से-कम दो महीने की घनी लम्बी

दाढ़ी बढ़ी हुई थी। किसी बैरागी की दाढ़ी की भाँति ही वह थी। एक आँख इतनी लाल थी, मानो उसमें खून आकर जम गया हो। लेकिन आँखें बड़ी-बड़ी थीं। चेहरा बड़ा था, और माथा भी। लेकिन सिर पर बाल कम थे—जो थे, बिखरे हुए थे और काले थे। और सिर के बीचोंबीच साँवली चाँद थी। और उस चाँद के बीचोंबीच, खजूर की भाँति लम्बा गोल, एक बड़ा मसा था, जो किसी छोटे-से स्तूप की भाँति दिखाई देता था। सारे चेहरे पर एक भयानक अनगढ़पन एक विचित्र विद्रूपता थी। और ऐसा लगता था कि शायद कोई इसके साथ घूमना पसन्द न करता होगा, क्योंकि विस्मय और कौतूहल के अतिरिक्त और एक विद्रूप जिज्ञासा का वह विषय बन जाता होगा। उस आदमी के बारे में कन्हैया की राय बहुत खराब हो गयी, यद्यपि उसने उसे प्रकट नहीं होने दिया।

वह मकान के बाहर सड़क पर साइकिल से रफ़ूचक्कर हो गया, तब कहीं कृष्णस्वरूप ने आराम की साँस ली। उसके मुँह से निकल पड़ा, "ही इज़ ए जीनियस ! यस, जीनियस !"

कन्हैयालाल विस्मय से देखता रहा। वह कुछ बोला नहीं, चुप रहा, मन-ही-मन गुनता रहा।

ज्यों ही कन्हैया घर वापस आया, उसे ऐसा लगा जैसे वह किसी शून्य में आ पहुँचा है। उसे यहाँ नहीं आना चाहिए था। सभी कुछ दूर-दूर-सा उसे लगने लगा। क्यों न वह सिविल लाइंस तक हो आते। ज़रा तफ़रीह होगी।

लेकिन यह खयाल उठते ही डूब गया। जो कमरा अब तक उसका इन्तज़ार कर रहा था, अब मानो उसका कोई मूल्य ही न रहा। फिर भी उसका मूल्य था, क्योंकि उसमें एक खाट थी, जिस पर वह बैठ सकता था, लेट सकता था। कन्हैया ने उसे देखा, उसपर बिखरी पड़ी किताबें देखीं। उन्हें ज़रा एक ओर करके वह टाँगें पसारकर लेट गया। और रामनारायण के बारे में सोचने लगा, कृष्णस्वरूप के बारे में सोचने लगा। कल्पना तेज़ हो गयी। उसे लगा रामनारायण में अजीब रहस्य है, एक अजीब भुतहापन है, बाबापन है। उसे देखकर श्मशान की याद आती है, श्मशान की राख नंगी देह पर मलनेवाले तान्त्रिक योगियों की-सी झलक दिखाई देती है। लेकिन उसके सामने कृष्णस्वरूप क्यों इतना पीला पड़ जाता है, इतना थका-थका-सा, ऊबा-सा, हतबुद्धि-सा, घबराया-सा, क्यों दिखाई देता है। इन दोनों के बीच कोई रहस्य है। कोई गुप्त षड्यन्त्र है, जिसके ये दोनों साझीदार हैं। नहीं तो भला कृष्णस्वरूप क्यों कहता कि रामनारायण के कारण उसे बरक्कत हुई है। सम्भव है, किसी अनुचित और ग़लत क़िस्म के मामले में दोनों हिस्सा लेते हों और पैसा कमाते हों। हिकमत कृष्णस्वरूप की हो, असली काम रामनारायण करता हो। ज़रूर इन दोनों के बीच में कोई खास बात हो।

यह सब वह सोच ही रहा था कि ज़ीने पर भारी धमधम की आवाज़ शुरू हुई।

और वह देखता क्या है कि छोटे-से कमरे के उस भूरे दरवाज़े में खुद कृष्णस्वरूप खड़ा है।

ज़ीना चढ़ने के कारण कृष्णस्वरूप कुछ हाँफ-सा रहा था। कोट के बटन कुछ उलटे-सीधे लगे हुए थे। लगभग बदहवास था। दरवाज़े से ही उसने एक मनीबैग फेंककर कहा, "इसे मेरे यहाँ भूल आये थे।"

मनीबैग खाट पर धप से गिर पड़ा। कन्हैया आश्चर्य से उसे देखता रहा। हाँ, सचमुच वह उसी का था, उसका नाम भी तो उसपर था। कन्हैया को खोयी चीज़ वापस पाकर खुशी हुई। अपने भुलक्कड़पन पर उसे आश्चर्य हुआ।

"लेकिन, तुम फ़ोन कर देते, यहाँ तक आने की तकलीफ़ क्यों की ?" उसने कहा।

"मैं नहीं जानता था कि तुम यहाँ तक पहुँच गये हो। सोचा, मनीबैग की तलाश में इधर-उधर घूम रहे होगे इसलिए उचित यही समझा कि मनीबैग दे आऊँ और एक चिट्ठी भी वहीं रख दूँ।" और यह कहकर कृष्णस्वरूप धीरे-धीरे खिड़की के पास जाकर खड़ा हो गया।

कन्हैया ने कुरसी आगे सरकाकर कहा, "नहीं, नहीं, ऐसे बैठो।"

और अकस्मात् कन्हैया को लगा, कृष्णस्वरूप मनीबैग देने नहीं, किसी और काम से आया है, वह काम क्या ?

कृष्णस्वरूप खिड़की के पास खड़े-खड़े ही कहता गया, "साले ने सारा मज़ा किरकिरा कर दिया। मैं तो तुम पर अपना रोब जमा रहा था। लेकन उसने आकर फुग्गों को फोड़ दिया। मेरे लिए एकदम ऐण्टीक्लाइमेक्स कर डाला।"

कन्हैया क्या कहता, वह सहानुभूति से सुनने की चेष्टा कर रहा था। फिर भी उसने कहा, "तुम तो उसे जीनियस कहते थे।"

"बिलकुल ठीक कहता हूँ।"

मानो इसी का उदाहरण देने के लिए स्वयं कन्हैया ने अपनी ओर से कहा, "इसीलिए, शायद उसने मुझे एकदम पहचान लिया, और लपककर गले मिला। मैं उसे नहीं पहचानता। भावना का नाट्य करनेवाले लोग मुझे पसन्द नहीं।"

कृष्णस्वरूप ने अत्यन्त गम्भीर और सार्थक वाणी से धीरे-धीरे कहा, "नहीं, वह तुम्हें अवश्य पहचानता होगा, और तुम्हारे बारे में उसके अच्छे खयाल होंगे। नहीं तो वह देखते ही गाली से बात करता।"

उस समय कन्हैया को लगा जैसे कृष्णस्वरूप आगे आनेवाली बात की भूमिका बाँध रहा है, मानो रामनारायण के बारे में वह कोई रहस्य खोलने के लिए आतुर है, और उसका सम्बन्ध कृष्णस्वरूप के किसी मर्म से है। कन्हैया को लगा कि वह धीरे-धीरे कृष्णस्वरूप के जीवन में प्रवेश कर रहा है। बीस साल पहले एक बार कन्हैया उसके जीवन का अंग था। लेकिन तब परिस्थितिवश वह उसके बाहर निकल आया। और

अब शायद फिर से उसे प्रवेश करना होगा।

और, धीरे-धीरे, क्रमशः, जो कहानी उसके मन में अपना विस्तार करने लगी वह न सिर्फ़ अजीब थी वरन् मनुष्य की असंगतियों की संगति उसमें कुछ इस तरह थी कि दार्शनिक होना पड़ता था। कन्हैया के मन में एक के बाद एक नये-नये सवाल खड़े होने लगे। और वे सवाल भी इतने कुछ तीखे कि उनमें मन घुलता था। हाँ, कन्हैया का मन कहानी की शुरूआत से ही तसवीरें बनाने लगा।

कन्हैया ग़रीबी को, उसकी विद्रूपता को, उसकी पशु-तुल्य नग्नता को जानता है। साथ ही उसके धर्म और दर्शन को भी जानता है। गाँधीवादी दर्शन ग़रीबों के लिए बड़े काम का है, वैराग्य भाव, अनासक्ति और कर्मयोग, सचमुच एक लौह-कवच है, जिसको धारण करके मनुष्य आधा नंगापन और आधा भूखापन सह सकता है, सिर्फ़ सहने की बात नहीं, वह उसके आधार पर आत्मगौरव, आत्मनियन्त्रण और आत्मदृढ़ता का वरदान पा सकता है। और, भयानक प्रसंगों और परिस्थितियों का निर्लिप्त भाव से सामना कर सकता है। मृत्यु उसके लिए एक विशेष अनुभव है। ग़रीबी एक अनुभवात्मक जीवन है, कठोर-से-कठोर यथार्थ चारों तरफ़ से घेरे हुए है, एक विराट् नकार, एक विराट् शून्य-सा छाया हुआ है। लेकिन, इस शून्य के जबड़े में मांसाशी दाँत और रक्तपायी जीभ है ! कन्हैया इसे जानता है।

और ठीक इसी आर्थिक और दार्शनिक स्थिति में, कृष्णस्वरूप घूमता है। घर काटने को दौड़ता है, क्योंकि उसकी दीवार एक सवाल लेकर खड़ी हो जाती है, हर चेहरा एक प्रश्न उपस्थित करता है और वह यह कि तुम मेरे लिए क्या कर रहे हो !

यह सवाल, जिसे घर की हर चीज़ और हर व्यक्ति उपस्थित करता है, कृष्णस्वरूप के हृदय में भी खटकता रहता है। इस प्रश्न का एकमात्र उत्तर है—पैसों की कमाई !

कृष्णस्वरूप को, नौकरी के अलावा और कोई आसरा नहीं। यद्यपि वह बी. ए. है, तब भी उसे कुछ नहीं होता। सवा-सौ रुपये में खाना-पीना भी नहीं चलता। वह हिसाब से काम करता है। लेकिन, हिसाब पेट तो नहीं भर सकता और घर का हर आदमी उसे आँखों-आँखों ही से पूछता है—तुम मेरे लिए कुछ कर रहे हो !

कृष्णस्वरूप निःसंज्ञ है, उसको रास्ता दिखानेवाला कोई नहीं। हाँ, समय काटने के लिए वह शाम को लायब्रेरी चला जाता है। अख़बार पढ़ता है। पत्र-पत्रिकाएँ पढ़ता है। और, वहीं बैठकर किताबें भी पढ़ता है। लाइब्रेरी के हाल में भाषण भी होते हैं। शरद् व्याख्यानमाला और वसन्त व्याख्यानमाला चलती हैं। अन्य अवसरों पर भी विद्वानों के भाषण होते हैं।

कृष्णस्वरूप हाल के पीछे की कुरसी पर चुपचाप भाषण सुनता है। कभी नोट्स भी लेता है। और, मन-ही-मन गुनता रहता है। उसमें इतना साहस नहीं है कि वह विद्वानों से दो सवाल पूछे। वे बड़े लोग और वह छोटा आदमी। फिर, उसके कपड़े भी अच्छे नहीं रहते, जिन्हें देखकर लोग समझते हैं कि वह कोई चपरासी या डाकिया

या ऐसा ही कोई आदमी होगा। हाँ, कृष्णस्वरूप खुद जानता है कि उसमें हीनता-ग्रन्थि है। लेकिन, उसकी अवस्था सचमुच हीन है यह एक प्रकट सत्य है। ऐसी ही उसकी अवस्था देखकर साधारण खाते-पीते लोग भी अपनेआपको उससे ऊँचा समझते हैं। यही क्यों, अपमान भी कर जाते हैं। दुनिया में अपमान जैसा और कोई दुःख नहीं होता। कृष्णस्वरूप पलटकर जवाब नहीं दे पाता, लेकिन अपमानक[illegible] का शत्रु ज़रूर बन जाता है। उसे वह माफ़ नहीं कर सकता। इसीलिए, वह सबसे [illegible]कर रहता है। दबना, कतराना और दूर खड़े होकर तमाशा देखना व बात सुनना, जहाँ महत्त्व की बात है वहाँ सतर्क होकर बात गाँठ से बाँध लेना उसका मानसिक जीवन है।

उसकी इस मनोवृत्ति के कारण ही, लायब्रेरी में उसके खास दोस्त नहीं बन पाते। वहाँ या तो पेंशनर बूढ़े आते हैं या नवयुवक विद्यार्थी। और कोई नहीं। ऐसे निःसंग उद्विग्न और चिन्तापूर्ण जीवन में, एक अजीबोग़रीब शख़्स सामने आता है। उसकी सूरत भयानक है। एक आँख लाल, चेहरे पर दाढ़ी है, मानो बैरागी हो, गंजे सिर पर एक मोटा मस्सा है—मानो छोटा कोई स्तूप हो। वह एक अजीब ढंग का मटमैला तंग पाजामा पहनता है। कुरते के ऊपर एक फटा स्वेटर, कभी ऊनी तो कभी सूती। स्वेटर से वह कोट का काम लेता है।

हाँ, कृष्णस्वरूप को पहलेपहल उससे डर लगा। उस डर का बयान नहीं कर सकता। अज्ञात अप्राकृतिक विचित्रता का वह भय था। कृष्णस्वरूप के कपड़े अत्यन्त साधारण और मैले रहते, लेकिन उनसे कोई विचित्रता नहीं झलकती। लेकिन, उस अजनबी की पोशाक भी उसे विचित्र बना देती थी। चेहरा तो भयानक और बदसूरत था ही।

बातचीत लायब्रेरी में हुई। उस अजनबी ही ने शुरू की। कैसे शुरू हुई, राम जाने। वह किसी किताब पर से शुरू हुई। और वह अजनबी कृष्णस्वरूप को लायब्रेरी के नीचे के रेस्तोराँ में ले गया। कृष्णस्वरूप वहाँ पहली बार पहुँचा था।

अजनबी धारा-प्रवाह अँगरेज़ी और हिन्दी बोलता था। सही-सही और ज़ोरदार लफ़्जों में वह बात करता था। ऐसा लगता था कि जो बातें वह कह रहा है, उनपर उसने बरसों मनन-चिन्तन किया है। वह एक दबंग और पुरज़ोर शख्सियत रखता है।

उसकी जेबों में कई नोट थे—पाँच के। दस के। वह ग़रीब नहीं था। सिर्फ़ उसका वेश विरक्तिजनक था। वह बेतहाशा पैसा खर्च करता था। पैदल नहीं, बल्कि रिक्शा में घूमता। अठन्नी उसके लिए दो पैसों के बराबर थी।

तंग हालत की तंग दीवारों के बीच घिरे हुए कृष्णस्वरूप को वह केवल भयानक ही नहीं मालूम हुआ। उस आदमी में मैदान का फैलाव था, अजीबोग़रीब भयानक बरगद की ऊँचाई और घनापन था। कृष्णस्वरूप के उद्विग्न, निःसंग एकान्त जीवन का शून्य उससे टूट गया।

वह उसे रात को मेट्रो सिनेमा में ले गया। अँगरेज़ी फ़िल्में देखने जाते। दोनों रात

को देर से लौटते। और विनोबा भावे के सर्वोदयवाद और एम. एन. राय के रैडिकल ह्यूमैनिज़्म से लेकर सार्त्र के एक्ज़िस्टैन्शियलिज़्म तक की बातें होतीं। नयी कविता और ऐब्स्ट्रेक्ट पेण्टिंग की भी चर्चा होती। उस अजनबी ने, जिसका नाम रामनारायण था, कृष्णस्वरूप के सामने नयी दुनिया ही खोल दी।

कृष्णस्वरूप के सारे ध्यान, कार्य और अनुराग का केन्द्र अब वह व्यक्ति हो गया। यह भी सही है कि राम्नाराण ने समय-समय पर कृष्णस्वरूप को आर्थिक मदद भी की। दोनों एक-दूसरे के घनिष्ठ हो गये। उसकी संगत में रहकर कृष्णस्वरूप का दिल खुलने लगा, मन में विस्तार उत्पन्न हुआ।

लेकिन बावजूद इसके, दोनों व्यक्ति एक-दूसरे की जीवन-परिधि के आसपास ही घूमते रहते। किसी ने एक-दूसरे के वैयक्तिक जीवन में प्रवेश करने का प्रयत्न नहीं किया।

(किन्तु, क्या यह सम्भव था कि कृष्णस्वरूप सचमुच रामनारायण के जीवन से अनभिज्ञ रहता। वैसे उसे बहुत-सी उड़ती-उड़ती जानकारी थी। लेकिन, उससे तृप्त नहीं होता। हाँ, यह सही है कि खाली वक़्त में कृष्णस्वरूप रामनारायण के व्यक्तित्व की एक रूपरेखा तैयार कर लेता।

सबसे पहली बात जो उसके खयाल में आती वह यह कि रामनारायण को यह मालूम नहीं है कि उसे क्या चाहिए, हाँ यह ज़रूर मालूम है कि उसे क्या नहीं चाहिए। परिणामतः, वह हर बात में दोष निकालता। उसकी आलोचनात्मक दृष्टि में मार्मिकता और प्रखरता थी, उद्दण्डता और निर्भयता थी। साथ ही, एक खारापन, एक बेसहारापन, एक मारामारापन, एक मरामरापन था। चक्करदार राहों पर गोल-गोल घूमते रहने जैसी कोई मानसिक स्थिति वह थी। उसने न मालूम कितने ही दर्शनों और विचारधाराओं, व्यक्तियों और व्यक्तित्वों में दोष निकाले। उन दोषों को वह इतनी कड़वाहट के साथ कहता मानो उसकी कोई निजी हानि हुई हो। वह बात इस तरह करता मानो उन चीज़ों का उससे कोई आत्मीय रहस्यमय सम्बन्ध हो। निषेध, निषेध, निषेध ! कृष्णस्वरूप को यह पहचानने में देर न लगी कि निषेध का उसका स्रोत बौद्धिक नहीं है, वहीं कहीं तो भी भीतर है।)

वह सारे भद्र समाज से चिढ़ता। वह नगर के एक-एक बड़े आदमी से परिचित था। अनगिनत छोटे आदमियों से उसकी अच्छी पहचान थी। निर्भीक और उद्दण्ड होने के कारण, बहुत-से अच्छे आदमी उसकी ओर खिंच जाते। उनमें से कई उसकी मार्मिक वाक्-धारा से प्रभावित थे। असल में, वह खूब अच्छी और सही-सही गालियाँ देना जानता था। और कुछ लोग इस तरह के औघड़ आदमी के खुरदुरेपन को बेहद पसन्द करते।

भद्र समाज का वह बेशक दुश्मन हो गया था। वह उनके दम्भ और अहंकार के तरह-तरह के क़िस्से बनाया करता और वह भी इस तरह से कि सचमुच श्रोता का

मन दुख और अवसाद, ग्लानि और विरक्ति में डूब जाता। एक आभ्यन्तर सिक्त-आम्ल अनुभव से भर उठता। बड़े-बड़े अखबारों के मालिक, महत्त्वाकांक्षी राजनीतिक नेता, मन्त्री और उपमन्त्री डायरेक्टर और सेक्रेटरी यहाँ तक कि साहित्यिक भी उसकी कथाओं के पात्र रहते। उनका वह एकदम सही-सही विश्लेषण करता। इन लोगों के बारे में उसके पास इतनी जानकारी थी कि कुछ पूछो मत। व्याख्यान सभाओं में वह स्वयं बोलने खड़ा हो जाता तो शहर के जितने बुद्धिमान् पढ़ने-लिखनेवाले लेकिन आवारा लोग थे, उनके हृदय का वह हार हो जाता था। वे खूब ताली पीटते। धीरे-धीरे उसकी सुहबत से, शहर में उसके जैसे और कई निकल आये। उनके सबके सम्मिलित प्रयत्नों से, एक के बाद एक कई साप्ताहिक पत्र धूमधड़ाके से निकले। बड़े-बड़े लोगों पर, प्रमाण सहित, कीचड़ उछाला गया। सरकारी फ़ाइलों के अंश भी प्रमाण रूप छापे जाने लगे।

यद्यपि वंह स्वयं भद्र-समाज का भयानक विरोधी था, वह खुद गुण्डा नहीं था। उसका व्यवसाय तो जी भरकर आलोचना करना था, सफ़ाईदार भाषा में। किन्तु, उसके आस-पास जो 'स्वतन्त्रचेता' व्यक्ति इकट्ठे हो गये थे, उन्हें वह खूब प्रेरणा देता रहा। ये सब 'स्वतन्त्रचेता' लोग अपने-अपने सामज, वर्ग और परिवार के कटे हुए लोग थे। उनमें से लगभग सभी जोशीले और पढ़ने-लिखनेवाले, और (साथ ही) कुचक्री थे।

कृष्णस्वरूप सरकारी नौकर था। उसमें बुद्धि थी लेकिन दम नहीं था, ऊधम नहीं था। और इन ऊधमियों के बीच में रहने से बिजली के मीठे-मीठे धक्के लगे। वह उनका आदर्शीकरण करने लगा, जबकि असल में, वे सारे-के-सारे बिकने के लिए तैयार बैठे थे, सिर्फ़ क़ीमत का सवाल था। कम क़ीमत में बिकने के लिए कोई राज़ी नहीं था। और, सबसे बड़ी चीज़ तो यह थी कि वे सब प्रतिभावान् और साहसी नौजवान अखबारनवीस थे।

फिर भी, कृष्णस्वरूप यह सोचने को तैयार नहीं था कि वह 'विद्रोह' केवल बुद्धि का या जीवन-नीति का विद्रोह है। क्योंकि अगर वैसा विद्रोह होता तो आलोचना के साथ-ही-साथ रचना—ये दोनों बातें चलतीं। सब अन्वेषी थे, बस खोजी थे। यानी 'मन चाहे जिधर भटको और अन्वेषण का नाद दो' वाली नीति सबकी अपनी कार्यनीति थी। अद्वैतवाद का अध्ययन करते-करते कृष्णस्वरूप को इतना तो मालूम हो गया था कि अन्य दर्शनों की आलोचना करते-करते नये दर्शन की रचना होती है, नयी जीवन-नीति की रचना होती है। लेकिन, व्यवहार तथा बुद्धि दोनों के क्षेत्र में, यहाँ केवल निषेध था। यानी उन्हें क्या नहीं चाहिए—यह खूब मालूम था; लेकिन क्या चाहिए—इसकी कोई खास रूपरेखा उनके पास न थी, क्योंकि उनमें से कोई वस्तुतः गम्भीर नहीं था।

कृष्णस्वरूप उन सब पर मन्त्र-मुग्ध था; फिर भी, कभी-कभी उसकी बुद्धि और हृदय उनकी वाचालता और दुर्व्यवहार के प्रति विद्रोह कर उठते। फिर भी, स्वभावतः

दब्बू होने से उनका विरोध करने का उसने कभी साहस नहीं किया। साहस करता तो भी पिट जाता।

लेकिन उसकी आस्था रामनारायण पर थी। वह रामनारायण की छाया बन गया था। वह रामनारायण के अन्तर्जीवन में प्रवेश करना चाहता था, उसके चारों कोने छू लेना चाहता था।

एक दिन रामनारायण कृष्णस्वरूप को अपने घर ले गया। उस मकान को देखकर, कृष्णस्वरूप को विस्मित हो जाना पड़ा। वह आलीशान मकान क्या कोठी थी। उसका अब पलस्तर गिर रहा था। ठीक सड़क से लगे हुए उस मकान की सात मंज़िलें बड़ी दूर से दीखती थीं। दूर से वह मकान बहुत सुन्दर मालूम होता था, उसकी सबसे ऊँची छतों पर मेहराबदार मण्डप थे और मन्दिर-नुमा शिखर।

लेकिन, सबसे आकर्षक वस्तु थी रामनारायण की माँ। वह यद्यपि बूढ़ी थी और चेहरे पर झुर्रियाँ पड़ी थीं, फिर भी उसका रंग एकदम चम्पई था। वह अब भी खूबसूरत थी। उसका नाक-नक़्श मानो स्फटिक से गढ़ा हुआ था। उसको देखकर किसी को भी नम्र और शालीन हो जाना पड़ता। उस परिवार में अब केवल दो ही व्यक्ति थे—माता और पुत्र और दो नौकर। दो भैंसें भी थीं, जो आँगन में बँधी हुई थीं।

रामनारायण के कमरे तक पहुँचने के लिए ज़ीना चढ़कर हाल पार करके जाना पड़ता। हाल सजा हुआ था। उसकी छत से अभी भी फ़ानूस लटक रहे थे। सबमें पुरानापन था। पुराने कोच लगे हुए थे, टेबल लगे हुए थे, आदमक़द आईने दीवारों से सटे थे, छत और दीवारों से तनकर एक कोण बनाते हुए अजीबोग़रीब पुरखों की रंगीन तसवीरें लटकी हुई थीं। और सब पर पुरानेपन की साँस जमी हुई थी।

फिर भी, एक बात साफ़ थी। हर चीज़ पुरानी होते हुए भी करीने से लगी थी। इसके विपरीत रामनाराण का कमरा था। वह अस्त-व्यस्त था। वहाँ भी टेबल-कुरसी, फ़ैन और एक फ़ोटो लगा हुआ था।

कृष्णस्वरूप ने पूछा, "यह फ़ोटो किसका है ?"

रामनारायण ने कहा, "मेरा।"

"नहीं जी !" कृष्णस्वरूप के मुँह से निकल गया।

रामनारायण ने कुछ नहीं कहा। सचमुच वह फ़ोटो जवानी का था। वह उसी का था। अपने बीसवें साल में, वह इतना खूबसूरत था। फिर क्या कारण है कि उसने अपना चेहरा इस तरह बिगाड़ लिया ? आखिर रामनारायण ने अपने-आपको इतना विद्रूप क्यों बना लिया ? कृष्णस्वरूप कुछ क्षण सोचता रहा।

माँ से भेंट हुई। माँ ने बड़ी आवभगत की। कृष्णस्वरूप अब रामनारायण के यहाँ, माँ से मिलने के लिए जाने लगा। धीरे-धीरे उसे पता चला कि माता और पुत्र में अगर वैर नहीं है तो मनोमालिन्य अवश्य है।

कृष्णस्वरूप ने रामनारायण के सामने माँ की बातचीत करना चाही, दोहरानी

चाही। लेकिन रामनारायण ने कोई दिलचस्पी नहीं ली। जब भी बात निकलती वह उसे उड़ा देता। और उदास हो जाता।

ऐसा तो हो नहीं सकता कि कृष्णस्वरूप से दोनों के सम्बन्ध छिपे रहें। असलियत यह थी कि रामनारायण के पिता बड़े ही मस्त और फक्कड़ आदमी थे। ऊँच-नीच का उन्हें कोई खयाल नहीं था। चपरासी के साथ गाँजे की दम लगाने बैठ जाते। हाथ में पुटिया और कान में जनेऊ लपेटे, किसी भी पड़ोसी से घण्टों गप लगाते रहते। वे कलाप्रेमी थे। संगीत और साहित्य के शौक़ीन। खुद भी अच्छे गायक थे, भजन बनाते और शेर भी गढ़ लेते। नामी संगीतज्ञों और चालू शायरों की संगत में उठते-बैठते और उन्हीं के समान कुछ-कुछ सनकी भी थे। महफ़िलबाज़ थे। उनकी महफ़िल प्रसिद्ध थी। उसमें बनारस की रण्डियाँ और लखनऊ के शायर भी हिस्सा लेते। अपनी इस धुन में उन्होंने बाप-दादों से चली आयी हुई जायदाद का बड़ा हिस्सा खत्म कर दिया।

शायद, इसीलिए उनकी अपनी पत्नी से नहीं बनती थी। उनकी पत्नी एक शानदार और खूबसूरत औरत थी जिसकी अभिरुचि थी प्रबन्ध और व्यवस्था करना। वह सम्राज्ञी थी, जिसे अपनी जायदाद के काम-काज को ठीक ढंग से चलाने, उसे बढ़ाने का शौक़ था। वह हुकूमत करना जानती थी। उसके पति उसके सौन्दर्य पर मुग्ध एक बालक थे। बालक स्वभाव के अनुसार ही, उसके पति महोदय ज़िद्दी और चंचल, कर्तव्य कर्म के नितान्त अयोग्य और अव्यवस्थित थे, जब कि पत्नी स्वयं दृढ़-बुद्धि और लक्ष्य-परायण थी। इस प्रकार दोनों के स्वभाव-वैषम्य के कारण पति-पत्नी में कई घटना-प्रधान दुखान्त नाटक हो जाते। नौजवानी में वे दुखान्त नाटक सुखान्त नाटक में भी बदल जाते। लेकिन, ज्यों-ज्यों उम्र बढ़ती गयी और अहंकार की बाढ़ आती गयी त्यों-त्यों एक ओर परस्पर आकर्षण के अभाव में एक-दूसरे के प्रति कठोरता उत्पन्न होती गयी।

माता-पिता के इस झगड़े को कोमल मन वाले छोटे-से रामनारायण ने खूब देखा। उसने कभी पाया कि उसकी माँ शान से पलंग पर बैठी हुई है और उसके पिता पलंग के नीचे बैठे स्त्री की गोद में मुँह दुबकाये रो-से रहे हैं। कभी उसने देखा कि माँ कह रही है, 'तुम्हें अपनी इज़्ज़त का खयाल नहीं है, घराने का खयाल नहीं है, चपरासी के साथ गाँजा पीते हो, उस साले ओछे धोबी के घर जाकर शराब पीते हो। तुम्हें अपने घर में शायद कुछ भी नहीं मिलता—खाने को भी नहीं मिलता ! इसीलिए कमीनों की सुहबत में रहते हो। उनके यहाँ जाकर खाते हो !'

और पिता ये बातें सुनकर मुसकराकर कह रहे हैं :

'जाति-पाँति पूछै ना कोई
हरि को भजै सो हरि का होई।'

इस पर माँ कहती है, 'अरे, तुम क्या करोगे हरिभजन ! जाओ, उस रण्डी के पास जाकर बैठो।'

और पिताजी ज़ोर से हँस पड़ते हैं और कहते हैं कि सचमुच उन्हें हरि से उतना प्रेम नहीं है जितना खुद से है। और एक ग़ज़ल सुनाने लगते हैं। वह ग़ज़ल क्या थी, रामनारायण को याद नहीं है।

इस तरह की कुछ धुँधली-धुँधली तसवीरें रामनारायण को याद हैं। रामनारायण ने बहुत चाहा था कि ये तमाम बातें वह कृष्णस्वरूप को न बताए। लेकिन, जब कृष्णस्वरूप रामनारायण की माँ का लाड़ला बन गया तब रामनारायण ने अपनी उभरती भावना को दबा-दबाकर रुकते-रुकते, उखड़ते-उखड़ते ये बातें कृष्णस्वरूप से कहीं।

क़िस्सा मुख़्तसर यह है कि पिताजी जायदाद लुटाने लगे और मॉर्फ़िया का इंजेक्शन लेकर दिन गुज़ारने लगे। माता की इच्छा थी कि उन्हें रायबहादुरी का खिताब मिले, वे समाज में नाम कमाएँ, बड़े राष्ट्रीय नेता बन जाएँ। और हुआ यह कि वे एक दिन अपनी पत्नी से बुरी तरह झगड़कर एक दूरदराज़ शहार में चले गये, और वहीं एक दिन आकस्मिक कारणों से उनकी मृत्यु हो गयी।

इधर, पिता की मृत्यु पर, माताजी खूब रोयीं-धोयीं, लेकिन रामनारायण को लगा कि उनके आँसू बनावटी हैं, दिखावे के हैं। उसने प्रण कर लिया कि वह अपनी माँ से कभी प्यार नहीं करेगा, क्योंकि वही पिता की मृत्यु का कारण है।

पिता की मृत्यु होने पर रामनारायण अकेला पड़ गया। इस डर से कि कहीं लड़का पिता की भाँति ही बिगड़ न जाए, माँ ने उस नौकर को छुड़ा दिया जो बालक रामनारायण का रक्षक और सेवक था। इस प्रकार, रामनारायण और भी अकेला और अनाथ हो गया।

माता उसे कभी भी यथावत् मातृत्व प्रदान न कर सकी। उसको ट्यूटर लगाये गये। राजकुमार कॉलेज में भरती कराया गया। ज्यों-त्यों उसने कैम्ब्रिज किया। वहाँ के अत्यन्त अनुशासनबद्ध जीवन से तंग आकर वह भाग निकला। कुछेक साल बेकार रहा। फिर, बी. ए. की तैयारी करने लगा। लेकिन, उसे भी पास नहीं कर सका। शहर भर घूमना, और किताबें पढ़ना यही उसका मुख्य व्यवसाय था। माता ने उसका विवाह कर देना चाहा, वह भी उसने नहीं किया। तब तक वह खूबसूरत नौजवान था।

लेकिन, ज्यों ही वह शहर में घूमने लगा, माता ने जिन-जिन बातों का निषेध करके रखा था, उन-उन बातों को गिन-गिन करके उसने किया।

माता उसे भद्र परिवार के भद्र और सौजन्यपूर्ण पुत्र के रूप में देखना चाहती थी। ठीक इसी के विपरीत उसने अपना वेश बना लिया। कपड़ों की उसने परवा नहीं की—यह बताने के लिए कि वह भद्र परिवार का नहीं है। यह सब लगभग अनजाने ढंग से हुआ, किसी आभ्यन्तर ग्रन्थि ने एक विचित्र प्रकार के मानवतावाद का रूप धारण कर लिया था। वह भयानक मैले-कुचैलेपन में आनन्द लेने लगा। भद्र परिवारों से उसने फ़ासले खड़े कर लिये। और, इन फ़ासलों में उसकी गालियाँ गूँजने लगीं। वह 'कमीनों' के घर जाकर अब गाँजे और चरस का भी दम लगाता और कभी-कभी

वहीं पड़ा रहता। उसने इस प्रकार उनसे खूब अच्छा सम्बन्ध बना लिया। धीरे-धीरे, उसकी ज़िन्दगी ने एक ढर्रा अख़्तियार कर लिया। यहाँ तक कि वह अब निचली जातियों की लड़कियों से सम्बन्ध भी रखने लगा। पैसों की उसके पास कमी नहीं थी। फलतः, गाँजा, चरस और स्त्री-सम्बन्ध उसके लिए बहुत मामूली बातें थीं।

इसी बीच वह एक पूजनीय नेता के चक्कर में आ गया। उनका उस पर बहुत प्रभाव पड़ा। चुनावों के दौरान वह उनका खूब काम करता। अगर वे काँग्रेस न छोड़ते तो वे मुख्यमन्त्री होते। उन्हीं के सम्पर्क के कारण, वह बड़े-बड़े नेताओं और साहित्यिकों और सेठों के सम्पर्क में भी आया। निर्भीकता, वाणी की स्वच्छता, भाषा-प्रवाह आदि के फलस्वरूप वह नितान्त उपेक्षणीय नहीं रहा। उन पूजनीय नेता की मृत्यु के बाद, (जिसका उसे बहुत धक्का लगा) अनेक पार्टियों के नेताओं ने उसे गूँथना शुरू किया, क्योंकि वही एक ऐसा था जो ग़रीबों की गन्दी बस्ती में महीनों और सालों छिपा रह सकता था। लेकिन उसकी आलोचनात्मक दृष्टि, जो पहले श्रद्धावान् थी, अब यह देखने लगी कि बुज़ुर्ग नेता एक के बाद एक स्वार्थबद्ध हो चुके हैं। उनमें कुलीनता का वही अभिमान, धन-सत्ता का वही गर्व, दीन-हीन के प्रति वही उपेक्षा-भाव और दम्भ तथा अहंकार के अतिरिक्त, शासन की वही तृष्णा है, जिसका साकार रूप उसे अपनी माँ में दिखाई पड़ता था।

माँ ने जो भी पुत्र से चाहा, ठीक उसके विपरीत उसने किया—ठीक उसके विपरीत उसका पुत्र बना। लगातार नशे में, और अव्यवस्थित, उत्तेजनापूर्ण और असंगत जीवन से उसका चेहरा बिगड़ गया, आकृति बिगड़ गयी और वह इस बिगाड़ को अच्छा समझने लगा, दाढ़ी बढ़ा ली, जैसे कोई बैरागी हो, शरीर दुर्बल हो गया। और, यदि कोई व्यक्ति उसके इस विद्रूप व्यक्तित्व के विरुद्ध मज़ाक़ करता या आलोचना करता तो वह उसका शत्रु हो जाता। माँ ने चाहा कि वह बड़ा आदमी बने, अच्छे ढंग से रहे, समाज में प्रभाव और दबाव रखे, इंगलैण्ड से डिग्री लेकर आए, जायदाद बनाए और बढ़ाए, लेकिन लड़का तो बाप से सवाया बनने ही की कोशिश करता रहा।

प्रश्न यह है कि क्या पूँजीवाद के विरुद्ध, धन-सत्ता के विरुद्ध, उसकी माता के विरुद्ध उसकी यह प्रतिक्रिया क्या सचमुच सिद्धान्त और आदर्श के अनुसार है ? निषेध, निषेध और निषेध करके वह क्या सचमुच शोषितों का उपकार कर रहा है ?

इसी बीच क़िस्सा यों बढ़ता है कि कृष्णस्वरूप को उसकी माँ अच्छी लगती है। कृष्णस्वरूप ने उसे बुढ़ापे में देखा है, जबकि उसकी पुरानी शान और अहंमन्यता का थोड़ा-सा भी लेश नहीं है। उसके पुत्र ने उसे कठोर यातनाएँ दीं। वह माँ अपने पुत्र के रूप और जीवन-चर्या की शिकायत कृष्णस्वरूप से करने लगी, यह सोचकर कि सम्भव है कि कृष्णस्वरूप के प्रभाव से उसका लड़का पटरी पर चलने लगे। उसका दुखपूर्ण मातृ-हृदय कातर होकर कृष्णस्वरूप के सामने अपना रोना रोता। कृष्णस्वरूप को वह दुख सात्त्विक लगा। उसमें माता की स्वाभाविक़ चीत्कार और करुण पुकार

थी। धीरे-धीरे, कृष्णस्वरूप, उसकी माता का दुलारा बन गया। और तब जो भी काम वह कहना चाहती, करवाना चाहती, कृष्णस्वरूप से कहती। और कृष्णस्वरूप उसे सहर्ष करता, दौड़कर करता।

किन्तु, यह भी सच है कि कृष्णस्वरूप निःस्वार्थ भाव से ऐसे काम न करता। उसके हृदय में एक लोभ था, लालच था। वह सोचता कि बड़े और धनी आदमियों के समाज में अगर उसका किसी से परिचय है तो उसी बूढ़ी औरत से। इसलिए, वह परिचय उसके लिए अत्यन्त महत्त्वपूर्ण है।

कृष्णस्वरूप ग़रीब था। उसे आश्रय की आवश्यकता थी। संकटपूर्ण परिस्थिति हमेशा ही रहती थी। इसलिए, उस बूढ़ी औरत को वह माता या देवी के समान मानने लगा। साथ ही, उस बूढ़ी माँ को एक ऐसे आदमी की ज़रूरत थी जो अपनी ज़िम्मेदारी समझता हो, जो पैसे की वक़त करता हो, जिसे ज़िन्दगी बनाने का शौक़ हो। संक्षेप में, रामनारायण की माँ कृष्णस्वरूप को अपना मातृ-तुल्य प्रेम और साथ ही सम्मान प्रदान करने लगी। यहाँ उसकी पुरानी धार्मिक दृष्टि भी उसके काम आयी। उसकी धार्मिक दृष्टि देखकर, रामनारायण की माँ उसकी और भी इज़्ज़त करने लगी। इसका नतीजा यह हुआ कि बहुत-सी बातों में रामनारायण की माँ कृष्णस्वरूप पर निर्भर रहने लगी। उसे लगता कि अगर कृष्णस्वरूप जैसा उसका बेटा होता तो कितना अच्छा होता ! उसी की सहायता से कृष्णस्वरूप ने, नौकरी करते हुए, लॉ कर लिया और बाद में एम. ए. भी कर डाला। और क्रमशः वह रामनारायण की माँ की बची-खुची जायदाद भी सँभालने लगा। जायदाद सँभालने के दौरान कई अफ़सरों से उसका साबिक़ा पड़ा। वैसे भी गम्भीर और कर्तव्यपरायण होने के कारण, उसका प्रभाव अच्छा ही पड़ता। माँ को तसल्ली हुई कि कृष्णस्वरूप के सहयोग से ही क्यों न सही, उसकी जायदाद बढ़ रही है।

हाँ, यह सही है कि इस जायदाद पर कृष्णस्वरूप की आँख नहीं थी। वह ईमानदारी से काम करके पैसा कमाना चाहता था। जायदाद अपनी आँखों से बढ़ती हुई देखकर रामनारायण की माँ प्रसन्न थी ही, उसने भी अब कृष्णस्वरूप के जीवन के लिए स्थायी प्रबन्ध करने का प्रयत्न किया।

रामनारायण की माँ, अपने पिता और पति दोनों के सम्बन्ध-सूत्रों द्वारा, नगर और प्रान्त के बड़े आदमियों से जुड़ी हुई थी। एक बार सक्रिय होने की ही तो बात थी। उसने कोई बात उठा नहीं रखी। आखिर, कृष्णस्वरूप को सेण्ट्रल गवर्नमेण्ट की नौकरी दिला ही दी। और, वहाँ से बदली होकर वह इनकमटैक्स विभाग का एक ऊँचा अधिकारी बन गया।

और, इस प्रकार क्रमशः कृष्णस्वरूप का सारा दारिद्र्य निकल गया। घर भर गया और कुछ पूँजी इकट्ठी हो गयी। यहाँ तक कि बहुत-से ठेकेदार लोग अब उससे रुपया उधार लेकर नये काम हाथ में लेने लगे।

कृष्णस्वरूप सामने बैठा है। यह कहानी कहते हुए, बीच-बीच में वह भावना के उद्वेग के कारण हाँफता जाता है, रुक-रुककर कहता है। कन्हैया तन्मय होकर यह कहानी सुनता जाता है।

"अब मुझे बताओ, पूँजीवाद के विरुद्ध, धन-सत्ता के विरुद्ध, अपनी माता के विरुद्ध रामनारायण की यह प्रतिक्रिया क्या सचमुच सिद्धान्त और आदर्श के अनुसार है ? और, कन्हैया, अब तुम यह भी बताओ कि मैं जो अनासक्ति, निष्काम कर्म और आत्म-वश रहने की बात करता था, अद्वैतवाद की बात करता था, तो क्या मेरी इस भौतिक आर्थिक उन्नति में मेरा अपना अधःपतन नहीं हुआ है। इसका निर्णय तुम करो।

"जब-जब मैं रामनारायण को देखता हूँ तब-तब मैं अपने-आपको ओछा और नीचा पाता हूँ। लेकिन, जब उसके बारे में सोचता हूँ तो लगता है कि वह मुझसे भी गया-बीता और निकम्मा है। फ़र्क़ यही है कि उसने अपने गये-बीते पर और निकम्मेपन पर किसी विरोधशील दार्शनिक धारा का आवरण चढ़ा लिया है। इससे ज़्यादा मुझे उसमें तन्त नहीं दीखता। उसके सब अखबारनवीस साथी अब या तो बड़े लीडर हो गये हैं और पैसे कमाने की भूमिगत मशीन में फँस गये हैं, या पैसे कमाने की खुली मशीन में मज़े में अड़े हुए हैं। उनमें से आज कई ऊँचे पदों पर हैं। तो बताओ, मेरे प्रश्न का उत्तर दो।"

कन्हैया इस सवाल का क्या जवाब दे ! वह शून्य में देखता है। सुनहली किरणों से चमक रही खिड़की के सिक पर बैठी हुई चिड़िया को देखता है, जो दाने चुग रही है।

एकाएक कन्हैया पूछ बैठा, "लेकिन, यार, तुम्हारे यहाँ जब सुबह रामनारायण आया था, तो कीमती सूट पहने हुए था। हाँ, वह गन्दा ज़रूर था। लेकिन सूट क्यों ? उसे तो तुम्हारी कहानी के अनुसार, फटे कपड़े पहनने चाहिए थे।"

कृष्णस्वरूप मार्मिक भाव से मुसकराया, बोला, "अब क्या बताऊँ ! मेरे यहाँ जान-बूझकर सूट पहनकर आता है। उसका मुझ पर यह आरोप है कि यदि वह दलिद्दर पोशाक में आएगा तो मैं उसे घर के बाहर निकाल दूँगा। मुझे जान-बूझकर चिढ़ाने के लिए, वह वैसा कहता है और सूट पहनकर आता है।"

कन्हैया हँस पड़ा। उसके मुँह से अनायास निकल पड़ा, "स्साला बदमाश है।"

"परवर्टेड जीनियस", कृष्णस्वरूप ने कुत्सा के भाव से कहा। फिर भी तुरत ही जोड़ दिया—"लेकिन, आज मैं जो भी कुछ हूँ, उसके कारण हूँ; इसलिए आज भी मैं उससे दबता हूँ, और आगे चलकर न भी दबूँ तब भी दबने का नाट्य करूँगा।" और यह कहकर हँस पड़ा।

फिर उठते हुए बोला, "तुमने मेरे सवाल का जवाब नहीं दिया।"

कन्हैया ने एक उसाँस छोड़ी, कहा, ''मुझे सोचना पड़ेगा। मेरे खयाल से तुम दोनों एक ही सिक्के के दो पहलू हो। खैर, जो भी हो, आज रामनारायण ने तुम्हें चिढ़ाने के लिए सूट पहना है, कल वह तुम्हें नीचा दिखाने के लिए अपनी जायदाद खुद सँभालेगा। और तब चक्र पूरा घूम जाएगा। अगले दस साल के बाद मुझे रिपोर्ट देना। समझे !''

कृष्णस्वरूप को विदा करने जब कन्हैया नीचे पहुँचा तब न मालूम क्यों उसने गटर में थूक दिया। क्यों ? पता नहीं।

□□

णाणं

पयासयं

वीर नि.सं. 2470

ई. सन् 1944

भारतीय ज्ञानपीठ